Le Septième Écran

Francine Pelletier

Éditions Paulines

DE LA MÊME AUTEURE
DANS LA COLLECTION *JEUNESSE-POP*

Le Rendez-vous du désert
Mort sur le Redan
Le Crime de l'Enchanteresse
Monsieur Bizarre
Des Vacances bizarres

Photocomposition et montage: *Éditions Paulines*

Illustration de la couverture: *Jean-Pierre Normand*

ISBN 2-89039-540-5

Dépôt légal — 1er trimestre 1992
Bibliothèque nationale du Québec
Bibliothèque nationale du Canada

© 1992   Éditions Paulines
          3965, boul. Henri-Bourassa Est
          Montréal, QC, H1H 1L1

*Pour mes cousines Diane,
Sylvie, Édith et Guylaine,
et aussi un peu pour
Micheline, qui a longtemps
veillé sur ma jeunesse.*

Pour vous situer, Lecteurs...

Imaginez l'espace. Une obscurité infinie, une tapisserie sertie de milliers de gemmes multicolores. Une ombre se détache pourtant dans la nuit : non pas un vaisseau, mais une station spatiale. Elle a la forme d'une toupie dont les deux axes seraient terminés par des aiguilles. C'est Agora, station de relais où s'arrêtent les vaisseaux qui vont de la Terre à Arkadie, deux planètes distantes de près de 20 années-lumière.

Agora n'est pas une très grosse station, une quarantaine de personnes seulement y travaillent. Par contre, elle dispose de nombreux espaces d'hébergement, au cas où un vaisseau en panne devrait s'y délester de ses passagers. Cela arrive parfois, quand un vaisseau doit être réparé aux docks qui se trouvent en orbite autour d'Arkadie.

Ce soir, aucun vaisseau n'est accosté à Agora, cependant des savants de la Terre et de toutes les colonies y sont réunis en congrès, pour souligner le cinquantième anniversaire de la découverte d'Arkadie. Si on pouvait ouvrir la station comme une boîte de conserve, on y verrait, rassemblée dans une salle de réception, une foule si dense que les gens se marchent sur les pieds. Dans cette salle, se trouve une jeune femme nommée Arialde Henke. Elle ne le sait pas encore, mais elle va devenir l'héroïne de cette aventure.

1

Une réception dans l'espace

Quand on a toujours vécu au grand air, rien n'est plus exaspérant que de se retrouver enfermée dans une salle sans fenêtre, où se presse une foule tellement serrée qu'on ne peut esquisser le moindre mouvement sans écraser un pied ou heurter un dos. Quelle raison valable existait-il au monde pour accepter pareil calvaire? Voilà la question que se posait avec amertume Arialde Henke, tandis qu'autour d'elle les congressistes joyeux s'agitaient bruyamment. Le brouhaha des voix rendait toute conversation indistincte. Au milieu de ce tumulte, une musique de fête devait jouer, mais il n'en restait rien d'audible. Quelle incroyable foire! Arialde contemplait la foule avec incrédulité. À dix-neuf ans, la jeune femme avait quitté pour la première fois sa planète natale afin d'assister à ce congrès qui se tenait dans Agora, la station spatiale à proximité d'Arkadie. Ah! Arkadie, c'était autre chose! Arialde y avait grandi, dans son lointain village où l'on ne verrait jamais tant de monde.

Agora avait été envahie par la foule pour une brève période, le temps du congrès triennal du Regroupement des centres de recherches pluridisciplinaires, plus communément appelé «R.C.R.P.D.». Depuis trois jours, la station spatiale débordait de savants sérieux et compassés. Ce soir, n'importe quel observateur extérieur se serait cru en plein carnaval : les gens portaient les costumes les plus extravagants, des coiffures hautes en couleur, décorées d'objets des plus hétéroclites, du stylo à la fleur artificielle. C'était la mode de porter toutes sortes de machins dans les cheveux.

Arialde demeurait immobile, ou du moins aussi immobile que le lui permettaient les mouvements de foule qui la faisaient tanguer à gauche et à droite, au risque de lui faire renverser le verre de punch qu'elle tenait d'une main et protégeait de l'autre. De taille menue mais tout en muscles, avec ses cheveux bruns légèrement décolorés par le soleil, Arialde ressemblait bien à ce qu'elle était : une fille faite pour l'extérieur. Elle se sentait perdue au milieu de la foule, même si elle n'était pas venue seule d'Arkadie. La délégation envoyée par le centre de recherches d'Arkadie comprenait l'exobiologiste Ève Gonnerville et Fédric, le propre frère d'Arialde.

Mais la présence de Fédric ne suffisait pas à tirer Arialde de son isolement : l'adolescent était captivé par autre chose. Il portait, sur l'œil droit, la monture métallique d'une télunette. Ce petit appareil permettait de suivre une émission de télaz tout en vaquant à d'autres occupations. Il s'agissait d'un léger bras articulé, faisant office d'antenne et branché à une prise temporale, qui servait à abaisser devant l'œil un écran gris et mince comme une feuille de papier. La télunette pouvait également se transformer en écran d'ordinateur et permettre à un médecin, par exemple, d'examiner le résultat d'une analyse tout en continuant à opérer. Ce que Fédric suivait avec autant d'attention sur l'écran de sa télunette, c'était un tournoi de hockey, retransmis, entre une équipe formée des étoiles des colonies et les étoiles de la Ligue nationale. D'ailleurs, au fond de la salle de réception, un écran montrait le match et une partie de la foule était agglutinée devant.

Agacée, Arialde s'efforça de penser à autre chose qu'au hockey. Fédric n'avait rien de mieux en tête depuis qu'ils avaient quitté Arkadie, à croire qu'il s'amusait à faire enrager sa sœur. Fédric était en pleine croissance, ses jambes avaient poussé plus vite que le reste de son corps, ce qui lui conférait une curieuse silhouette. Pour l'instant, l'œil droit caché derrière sa télunette et l'œil gauche perdu dans le vague, l'adolescent ressemblait à un mélange d'humain et de machine. Vraiment, il ne servait à rien de compter sur lui pour converser. Quant à Ève Gonnerville, la responsable de la délégation arkadienne, elle se trouvait noyée dans le flot des fêtards. Arialde et son frère se tenaient sur une plate-forme clôturée, qui formait une mezzanine surélevée d'environ un mètre, ce qui permettait une vue imprenable sur l'auguste assemblée. Arialde laissait errer son regard sur les personnes aux costumes bigarrés.

Un mouvement attira son attention: un homme entrait dans la salle, porteur d'une caméra de télaz. De taille élancée, il soutenait l'appareil juché sur son épaule. Près de lui, un autre homme tendait un petit boîtier métallique, à bout de bras, au-dessus de la foule. Au contraire du caméraman, ce type était plutôt râblé et disparaissait dans la masse. Le caméraman, lui, portait son fardeau avec effort, le front mouillé de sueur. La caméra de vidéotri s'avérait sûrement lourde à porter. La «télaz», la télévision holographique, permettait au spectateur de regarder les sujets filmés en trois dimensions. Arialde donna un coup de coude dans les côtes de Fédric, pour lui montrer l'équipe de tournage. Elle ne parvint qu'à en tirer un grognement.

Tant pis pour Fédric, sa télunette lui ferait rater le spectacle. Mais l'équipe de tournage n'était pas au complet: il y manquait le réalisateur et, surtout, la personne la plus importante: la célèbre journaliste Élodie-Martine Villiard, qui animait l'émission «Nomade». Arialde avait entendu dire que l'équipe de «Nomade» voyageait à travers les colonies, pour une série de reportages, et qu'elle se trouvait à Agora. Bien sûr, le cinquantième anniversaire de la découverte d'Arkadie était un événement qui attirait les caméras. Qu'est-ce qui intéressait l'équipe de télaz, son reportage porterait-il sur les dernières recherches en agronomie extraterrestre?

Il y avait bien un autre sujet dont la télaz pourrait parler: les enfants d'Arkadie. Fédric n'était pas vraiment le frère de sa sœur. Arialde, ses «frères» Ian et Fédric, ainsi que leur «sœur» Marline, étaient le résultat d'une expérience génétique qui datait de l'époque où l'on avait cru qu'Arkadie serait colonisée. Les enfants avaient été fabriqués pour devenir de parfaits Arkadiens, capables de s'adapter aux températures extrêmes que l'on trouvait dans différentes régions d'Arkadie. Ils habitaient le village de Bourg-Paradis où vivaient d'autres savants qui menaient des recherches sur Arkadie. D'une intelligence supérieure, les enfants avaient tous développé une spécialité. Ainsi, Fédric était un fameux entomologiste (fameux surtout à cause de son jeune âge), alors qu'Arialde se trouvait au congrès du R.C.R.P.D. en tant qu'ornithologue.

Le sol d'Arkadie regorgeait de ressources naturelles exploitées par de grandes compagnies minières. La planète n'était pas habitée réellement, les gens qui y venaient n'y demeuraient que le temps d'un contrat de travail, deux ou trois ans au maximum. Sauf les savants de Bourg-Paradis: la plupart des chercheurs s'y trouvaient depuis plusieurs années et n'en repartiraient qu'à l'âge de la retraite. Mais les seuls véritables Arkadiens étaient Arialde et sa famille. Même s'ils n'avaient aucune parenté réelle, les enfants avaient grandi ensemble. Leurs «parents» avaient été le généticien Wassi et la psychogénéticienne Lori qui les avaient «créés» à partir de manipulation d'ovules fécondés in vitro.

S'appuyant à la rampe qui séparait la mezzanine du reste de la salle, Arialde s'amusa à observer les efforts du caméraman et de son assistant pour avancer à travers la foule. La mezzanine s'étant un peu vidée, Arialde craignit un moment que l'équipe de la télaz ne fût tentée de venir s'y installer. Mais le caméraman y renonça et fit signe à son compagnon de rebrousser chemin vers la sortie. Au seuil de la salle, le duo de la télaz croisa un autre groupe qui entrait en gesticulant. Des hommes et des femmes se tenant par la taille pour former une farandole, envahirent la fête avec des cris de plaisir, bousculant les gens autour d'eux. Arialde les regarda avec amusement, puis elle fronça les sourcils : dans la farandole, un couple portait des plumes d'oiseaux plantées dans la coiffure.

La femme et l'homme, au visage bleu par un maquillage, étaient coiffés en hauteur, leurs cheveux gominés dressés en volutes complexes au-dessus de leur tête. Des plumets étaient fichés dans cette coiffure compliquée, une touffe de longues plumes blanches qui brillaient à la lumière des projecteurs. Arialde, penchée très avant par-dessus la rampe, recula un peu. La farandole passa tout près. Arialde ne put résister : étendant le bras, elle toucha l'une des parures. Une petite plume blanche lui resta dans les mains. La femme à qui Arialde avait arraché un morceau de sa parure ne s'en rendit même pas compte. La farandole poursuivit son chemin. Arialde examina le bout de plume qu'elle tenait à la main. Dans la lumière, l'objet s'irisait de toutes les couleurs de l'arc-en-ciel. Une plume d'oriflore! Comment cette femme pouvait-elle se promener avec des plumes d'oiseaux arkadiens dans les cheveux? Il fallait la rattraper, lui demander.

D'un geste brusque, Arialde écarta l'homme qui se trouvait près d'elle et qui lui bloquait l'issue de la mezzanine; elle fonça. Ses pieds n'effleuraient même pas les marches de la mezzanine : la foule était si dense qu'Arialde se laissa porter. Le mouvement général la poussa vers la farandole. Son verre de punch glissa de sa main pour se perdre dans la marée humaine. Arialde ne tenta pas de le ramasser. Ce n'était pas le moment de tomber : elle risquait d'être piétinée.

La jeune femme parvint à s'approcher du couple dont la chevelure s'ornait de plumes. Mais, déjà, la farandole s'éloignait. Arialde cria pour stopper le mouvement de départ, mais les joyeux lurons n'entendaient rien. Ils ressortaient comme ils étaient entrés.

Il fallut une éternité à Arialde pour se dégager de la foule. Elle écrasa des pieds sans vergogne, repoussa des gens jusqu'à les faire tomber, déclenchant un mouvement de protestation qui marqua son passage d'une traînée sonore. Dans le couloir, la situation ne se présentait guère mieux: de petits groupes bavardaient, bloquant le passage. Arialde se trouva nez à nez avec la caméra vidéotri.

— Les plumes! s'écria-t-elle. Vous avez filmé les plumes?

— Les quoi?

Arialde haussa les épaules. Elle voulut poursuivre son chemin, mais se heurta à une personne en uniforme qui étendit les bras pour l'arrêter.

— Qu'est-ce qui se passe ici? demanda l'agent de la Sécurité.

Arialde s'immobilisa, essoufflée, les cheveux en bataille lui pendant sur le nez, les vêtements froissés. Elle avait même perdu une chaussure et déchiré son bas sur le plancher en velcro. L'agent — un homme assez âgé —, la dévisagea sans aménité. Un bras tendu, Arialde désigna la direction qu'elle croyait prise par la farandole.

— Il y avait un couple... Il portait des plumes d'oriflore dans les cheveux. Les oriflores, c'est une espèce protégée d'Arkadie, ils n'ont pas le droit...

L'agent lui jeta un regard méfiant.

— Comment vous savez ça, vous?

Arialde montra la plume blanche au creux de sa paume.

— J'ai attrapé ça. Il faut les arrêter, leur

16

demander où ils ont pris ces parures, c'est interdit par la loi...

Le caméraman, toujours armé de sa vidéotri sur l'épaule, s'approcha avec un air empreint de curiosité.

— C'est vrai, ça, le commerce des animaux extraterrestres est interdit. Vous êtes sûre de ce que vous avancez?

Arialde leva la tête vers lui, heureuse de trouver un interlocuteur.

— Sûre. Je suis ornithologue.

Le caméraman se tourna vers l'agent.

— Je pense que vous devriez écouter la petite dame. J'ai filmé toute la scène, on pourra voir les gens qui portaient les plumes.

Arialde approuva avec reconnaissance. Elle ignorait encore quels ennuis allait lui apporter ce bout de film.

2

Les yeux de la Sécurité

L'agent de la Sécurité avait conduit Arialde et le caméraman de la télaz dans un petit bureau où il y avait à peine l'espace pour se déplacer. Une table en forme de L occupait le milieu de la pièce, encombrée de lecteurs pour différents types de microfiches, d'un interphone, d'une imprimante qui cliquetait à intervalles réguliers près d'un terminal d'ordinateur. Sur le mur du fond, une large bande de papier imprimé montrait le plan des quais de la station Agora, avec ses sas d'embarquement. À droite, tout le mur du bureau était constitué d'une baie vitrée qui donnait sur la pièce voisine. Cette grande salle d'à côté servait de poste de surveillance, ainsi que l'indiquait la présence d'écrans qui couvraient l'un des murs. Dans les couloirs de la station, Arialde avait déjà remarqué les caméras qui épiaient les allées et venues des gens. Ces images aboutissaient dans la pièce voisine, sur six écrans disposés en trois rangées de deux. Les images se modifiaient les unes après les autres, pour montrer chaque point névralgique de la station Agora.

Assis en face des écrans, un agent de la Sécurité scrutait l'ensemble de la station. Il portait une télunette, comme Fédric, mais il ne s'en servait sûrement pas pour suivre un match de hockey. Il portait aussi, autour d'une oreille, la monture d'un écouteur jumelée à un micro.

Dans le bureau, Éric Jordan, le caméraman de la télaz, balançait sa chaise sur les pattes de derrière, près d'Arialde. En face d'eux, se tenait Joline Clairoux, l'officière qui dirigeait le service de Sécurité d'Agora. Les galons de lieutenante ornaient son uniforme. Assise sur la table devant Arialde, l'officière fixait la jeune femme de ses yeux couleur de jais. Sous le casque de ses cheveux noirs, son visage avait des traits fins mais déterminés. Ses lèvres étaient plissées en un demi-sourire qu'Arialde jugea ironique.

— Arialde Henke, prononça l'officière d'une voix claire. Vous êtes ornithologue, membre de la délégation arkadienne, c'est ça?

Arialde l'avait vue consulter un terminal d'ordinateur, dans la pièce d'à côté. La lieutenante Clairoux s'était renseignée avant de venir rejoindre ses visiteurs dans son bureau. Arialde se contenta d'acquiescer. Clairoux reprit :

— Qu'est-ce que c'est que cette histoire de plumes?

Arialde jeta un regard vers le caméraman. Éric Jordan s'était délesté de son outil de travail, qu'il avait posé par terre. Il s'était aussi débarrassé de son assistant avant de suivre Arialde au poste de Sécurité. Il paraissait s'amuser beaucoup. D'un signe du menton, il indiqua à Arialde qu'il lui laissait la parole. La jeune femme s'efforça de parler lentement pour s'assurer d'être écoutée avec tout le sérieux que réclamait la situation.

— Il y a eu une farandole, des gens ont traversé la réception et, dans ce groupe, j'ai aperçu un couple qui portait des plumes dans les cheveux.

La lieutenante Clairoux contempla le morceau de plume, sur le bureau devant elle. Arialde s'empressa de préciser :

— C'est une plume d'oriflore. Pour vous, ça ne signifie pas grand-chose, mais pour moi, c'est inquiétant. Vous savez que la faune d'Arkadie est protégée par la loi, personne n'a le droit de tuer un animal sur ma planète. Il faudrait retrouver ces gens pour leur demander où ils ont pris leurs plumes.

— Êtes-vous sûre que ce sont des plumes de... comment avez-vous dit ?

— Oriflore. Je suis ornithologue, je sais de quoi je parle.

L'officière esquissa une moue. Il n'était pas difficile d'imaginer ce qu'elle pensait, à ce moment : valait-il la peine de faire toute une histoire pour quelques plumes ? Arialde reprit d'une voix douce :

— Si vous croyez que ces plumes n'ont pas d'importance, laissez-moi en parler à mes confrères congressistes... Vous avez ici, dans Agora, les plus grands exobiologistes du monde; depuis la découverte d'Arkadie, ils étudient la faune et la flore de ma planète. Ce sont leurs pressions auprès des gouvernements terriens qui ont obtenu la loi sur la protection des espèces extraterrestres. Vous voulez que je leur demande de vous expliquer l'importance de ces plumes?

La lieutenante Clairoux s'adressa au caméraman:

— Vous, Monsieur Jordan, vous avez aussi vu ces gens?

Jordan désigna sa vidéotri, posée sur le plancher près de lui.

— J'ai filmé la farandole qui sortait de la salle de réception. On peut regarder ce que ça donne, si vous voulez.

Joline Clairoux détailla le caméraman d'un air moqueur.

— Vraiment? Je croyais que les gens de la télaz refusaient de livrer leur matériel audiovisuel à la police.

Jordan cessa de se balancer sur sa chaise.

— Je ne mettrais pas n'importe quoi entre vos mains, Lieutenante. Mais je suis pour la protection de la faune.

* * *

Il fallut un bon moment pour installer l'équipement. Jordan posa sa caméra sur la table, près d'un ordinateur. Quand l'équipement fut en place, Arialde consulta sa montre. Minuit vingt. Ève Gonnerville et Fédric devaient se demander où elle était passée. Tant pis, ce n'était pas le moment de s'éloigner pour les appeler.

Arialde regarda défiler les images jusqu'à en avoir les paupières brûlantes. On y voyait la foule de façon plutôt indistincte, puis l'écran montra la sortie de la réception. La lieutenante espérait identifier les «gens à plumes», afin de les retrouver.

— Les voilà!

Jordan fit ralentir l'image, transmise en deux dimensions par l'écran de l'ordinateur, puis il tenta de l'immobiliser, demandant à l'appareil les ajustements nécessaires pour obtenir une meilleure définition. À l'écran, la figure de la femme était luisante de sueur, ses traits déformés par l'hilarité. Quant à son compagnon, la foule le dissimulait, même à la sortie de la réception. Arialde prit le morceau de plume et tendit un doigt vers l'écran.

— Regardez, on voit bien les plumets... Distinguez-vous les nuances, le bleu, le jaune et le vert? C'est très particulier aux oriflores.

— Oui, fit Jordan d'un ton dépité, mais le visage de notre gibier à plumes est moins clair.

Le caméraman se tourna vers Joline Clairoux, qui observait l'écran d'un air pensif.

— L'ordinateur pourrait essayer de reconstituer l'image. J'ai déjà vu faire ça: l'ordinateur transforme l'image, point par point, pour lui redonner l'aspect qu'elle aurait si le visage n'était pas déformé. Ça prend un logiciel anthropométrique. Vous pourriez alors identifier cette personne, grâce au fichier que vous avez fait quand les congressistes sont entrés dans la station.

Ils n'avaient guère de temps pour suivre la suggestion de Jordan, en tout cas, car le congrès se terminait le lendemain (ou plutôt le soir même, puisqu'il était passé minuit). À la fin de la journée, tous les congressistes auraient quitté Agora. L'espoir de retrouver les «gens à plumes» devait se concrétiser dans moins de vingt-quatre heures. Ou alors, il faudrait renoncer. Arialde n'avait aucune envie de jeter la serviette. Elle voulut intervenir, mais Clairoux la précéda:

— Vous voulez rire? Je ne dispose pas de votre logiciel et la Sécurité d'Agora n'a pas un budget suffisant pour l'acheter.

Arialde tenta une suggestion:

— Est-ce qu'on ne pourrait pas examiner le fichier que vous avez constitué à l'entrée des visiteurs dans la station? Peut-être que je reconnaîtrais ces gens en les voyant.

Joline Clairoux se tourna vers elle:

— Savez-vous combien de personnes se trouvent en ce moment dans Agora? Il y a deux cent trois congressistes et trente-huit employés permanents. Et savez-vous de combien d'agents je dispose pour veiller sur tout ce monde? Cinq, en comptant votre humble servante.

Humble, la lieutenante Clairoux ne l'était certes pas, de l'avis d'Arialde. Même si la jeune femme avait voulu interrompre l'officière, c'était impossible.

— J'ai un agent en patrouille, un autre immobilisé ici pour assurer la garde du poste de surveillance. Les deux autres essaient de rattraper un peu de sommeil, et moi je n'ai pas dormi depuis vingt heures. Qui voulez-vous que j'affecte à l'examen de ce fichier?

Éric Jordan se remit au terminal en soupirant:

— Eh bien, je vous enregistre au moins l'image en question, juste au cas où vous auriez les moyens de vous procurer le logiciel dont j'ai parlé.

La lieutenante grogna quelque chose qui devait vouloir dire: «Pas grand-chance». Le regard d'Arialde se promena de l'officière au caméraman.

— Vous voulez dire que vous n'essayez même pas de retrouver ces gens?

— Vous n'avez rien compris de ce que j'ai dit? répliqua Joline Clairoux. Pour vous, porter une plume d'oiseau mérite peut-être la peine capitale, mais moi j'ai d'autres chats à fouetter.

Arialde resta muette de fureur. Depuis des

heures, elle avait parlé dans le vide. Autant crier dans le désert! Ces gens se souciaient bien de voir les animaux d'Arkadie se faire massacrer!

Le découragement lui tomba alors sur les épaules comme un trop lourd fardeau. Au fond, elle ne savait même pas comment ces ornements étaient venus en possession des deux congressistes. Quelques plumes ne signifiaient pas qu'un oiseau ait été tué.

Repoussant son siège, Éric Jordan entreprit de défaire les branchements qui liaient sa vidéotri au terminal. Il adressa à Arialde un sourire qui se voulait réconfortant.

— Ce sera pour une autre fois.

Peut-être n'avait-il pas tort. Le congrès ne se terminait que dans une vingtaine d'heures. Arialde pouvait encore essayer de retrouver cette femme inconnue...

3

L'enquête

Arialde s'éveilla en sursaut, désorientée par
l'espace exigu où elle se trouvait, avec une
sensation d'étouffement. Elle contempla le plafond bas de son alcôve, qu'elle pouvait toucher
de ses deux mains tendues. Se tournant sur le
côté, elle aperçut la petite pendule encastrée et
se redressa si brusquement qu'elle faillit heurter le plafond de sa tête. Onze heures vingt!
Elle avait dormi tout ce temps? Elle qui voulait
parcourir les salles de réunion pour trouver la
femme aux ornements de plumes!

Elle chercha son peignoir, au fond de l'alcôve. Évidemment, il fallait se tortiller pour
réussir à enfiler un vêtement dans ce cagibi.
Elle commanda l'ouverture de la porte, se pencha prudemment au dehors. Son alcôve se
trouvait au deuxième niveau. Il fallait, pour
descendre, prendre pied sur une corniche clôturée par une balustrade, puis bien agripper
les barreaux de l'échelle métallique. Comme
elle était jeune et en parfaite santé, le service

d'hébergement d'Agora lui avait attribué une couchette de niveau supérieur, de même qu'à Fédric, alors qu'Ève, jouissant de la considération due à son âge, pouvait prendre pied dans le couloir sans risquer de se casser un membre à chaque fois. Arialde enfila ses chaussures, ramassa son sac de toilette et descendit lentement jusqu'au sol. D'abord une douche, ensuite...

La nuit précédente, avant d'aller dormir, il lui avait fallu retrouver Ève et Fédric, les autres membres de la délégation arkadienne. Arialde était sûre qu'ils s'inquiétaient de son absence. Tous deux avaient regagné leur alcôve mais ils ne dormaient pas. Mis au courant de l'épisode des plumes, ils avaient montré la même indignation qu'Arialde devant l'inaction de la Sécurité. Mais que faire? Ève avait promis d'ouvrir l'œil, au cas où quelqu'un se promènerait encore avec ce genre d'ornement dans les cheveux. Fédric, lui, se contentait d'enrager — et de regretter de n'avoir pas vu l'équipe de la télaz.

* * *

Après sa douche, comme il était midi passé, Arialde s'arrêta à la cafétéria manger un morceau. Les comptoirs de service étaient pris d'assaut par les congressistes. Si Ève et Fédric se trouvaient dans la foule, Arialde ne les vit pas. Peut-être s'étaient-ils rendus à leur alcôve pour boucler leurs bagages? Tout le monde s'empresserait d'en faire autant pendant la pause du dîner. Et si Arialde en profitait pour parcourir le couloir aux alcôves? Peut-être verrait-elle le couple en train de ranger les plumes?

Elle avala son sandwich en vitesse et se mit en chasse. D'abord, aller jeter un coup d'œil à la salle de réunion, juste au cas où...

La grande salle était encore déserte lorsque Arialde y pénétra. Seuls des techniciens travaillaient à installer l'équipement vidéotri, en prévision des discours de clôture. Arialde reconnut Jordan, le caméraman de la télaz, en compagnie de son assistant et — oui, c'était bien elle —, de la célèbre Élodie-Martine Villiard. La journaliste possédait une silhouette élégante et une chevelure d'un blond très pâle qui lui conféraient une allure aristocratique. Arialde n'aurait sans doute pas osé s'approcher du trio si Jordan ne lui avait adressé un signe de la main.

— Et puis, votre bonne femme à plumes, vous l'avez trouvée?

Arialde le rejoignit avec une moue qui disait sa déception.

— Comment voulez-vous que je fasse?

En l'apercevant, Élodie-Martine s'approcha. Vue de près, la journaliste paraissait plus âgée, de fines rides marquaient le coin de ses yeux. Sa chevelure blonde était si délicate qu'elle ressemblait à des fils d'or. Elle posa sur Arialde un regard amical.

— Éric m'a raconté votre histoire. Avez-vous du nouveau?

— Je crains que la lieutenante Clairoux ne prenne pas cette affaire très au sérieux. Après tout, il ne s'agit que d'oiseaux.

— Je ne suis pas d'accord, protesta la journaliste. À quoi ça sert de voter des lois pour protéger la faune si les gens peuvent se balader avec des plumes d'oiseaux rares? Ça me rappelle les ravages que faisaient les chasseurs, autrefois, sur Terre, quand des éléphants étaient massacrés pour l'ivoire de leurs défenses.

Arialde sourit avec reconnaissance.

— Je voudrais bien que tout le monde pense comme vous.

— Vous êtes moins seule que vous le croyez, intervint Jordan.

— C'est vrai, enchérit Élodie-Martine. Il y a sur Terre d'importants mouvements de protestation à propos du développement exclusivement industriel d'Arkadie. Beaucoup de gens commencent à dire que la Terre devrait penser un peu moins aux minerais et un peu plus à la qualité de la vie sur la planète.

Arialde avait entendu parler de ces groupes de pression, lors de reportages à la télaz —n'était-ce pas à «Nomade», l'émission d'Élodie-Martine? Non, ça devait plutôt avoir été présenté aux actualités. De toute manière, ça lui faisait une belle jambe que les Terriens veuillent défendre les oiseaux d'Arkadie, si des gens réussissaient à se procurer des plumes pour leurs cheveux... Enfin, Arialde devait accepter les encouragements lorsqu'elle en trouvait : son enquête ne serait guère facile.

* * *

Les couloirs-dortoirs montraient déjà des portes ouvertes sur des alcôves vides, mais plusieurs personnes se tenaient près de leur boîte à sommeil, penchées sur des sacs de voyage ou des valises parfois débordant d'effets personnels. Arialde avançait à pas lents, dévisageant les congressistes, s'attirant ainsi des regards curieux. Au bout du dernier couloir, elle rebroussa chemin avec un soupir exaspéré. Comment diable espérait-elle reconnaître une femme qu'elle n'avait vue qu'une fois? Pourtant, repassant près des alcôves qu'elle avait déjà examinées, elle fut intriguée par un profil qui lui sembla familier. Vivement, Arialde tira le morceau de plume de sa poche et s'approcha de la femme, qui lui tournait le dos.

— Excusez-moi, Madame.

La femme se redressa. Arialde la reconnut, malgré l'absence de maquillage sur sa figure. Lorsqu'elle avait été interrompue, la femme bouclait une valise de cuir, objet rare et de grande valeur en ces temps où la mode était à la protection de la nature. Sur la valise, une plaque gravée indiquait : F. Syrelle. La femme détailla Arialde des pieds à la tête. L'examen ne sembla pas l'inquiéter, car elle sourit. «Oui?»

Arialde tendit la main, paume vers le haut, exposant le morceau de plume au regard de la dame Syrelle.

— Vous n'auriez pas perdu ceci?

À la vue de la plume, le visage de la femme changea. C'était de la méfiance, maintenant, qui se lisait dans ses yeux. Elle eut un geste pour repousser la main d'Arialde.

— Je ne sais rien de cette affaire. Laissez-moi tranquille.

— Ce n'est qu'une petite plume, Madame, répliqua doucement Arialde. Elle ne peut pas vous causer beaucoup d'ennuis.

Le visage de la dame Syrelle se renfrogna. Elle croisa les bras sur sa poitrine dans un geste de défi.

— Qu'est-ce que vous me voulez?

— Je vous ai vue, à la réception, avec votre parure de plumes. Je l'ai trouvée très belle, je voudrais seulement l'admirer de plus près.

La femme s'était raidie. Elle hésita, puis lança:

— Je ne l'ai plus. C'est un ami qui me l'avait prêtée.

Elle parlait de son compagnon, bien sûr, celui qui l'accompagnait le soir de la réception. Celui-là, Arialde n'avait pas vu son visage. Si la dame Syrelle se confinait dans le silence, jamais Arialde n'en apprendrait davantage.

— Écoutez, Madame, je ne vous veux pas de mal. Pourquoi ne pas me présenter votre ami?

Peut-être qu'il accepterait de me montrer ses parures.

La femme répliqua d'un ton sec:

— Il ne les a plus. Il s'est fait voler.

Voler? Le visage d'Arialde dut exprimer l'incrédulité, car la femme reprit aussitôt:

— Oui, voler. Son alcôve a été forcée cette nuit, tous ses bijoux ont disparu, et les plumes aussi.

— Est-ce qu'il a prévenu la Sécurité?

À ce moment, Arialde perçut un mouvement, tout près d'elle. Une voix masculine lui fit tourner la tête.

— Qu'est-ce que vous voulez encore à Flora?

Derrière elle, Arialde découvrit un homme mince et blondasse, aux yeux d'une couleur indéfinissable, à l'air ennuyé. Il rejoignit Flora Syrelle et l'entoura d'un bras protecteur. Pourquoi avait-il dit: «Qu'est-ce que vous voulez *encore* »?

— Je ne veux pas vous embêter, Monsieur, j'aurais seulement aimé voir ces plumes. Mais je ne suis pas la première à vous en parler, peut-être?

— Qu'est-ce que ça peut faire? protesta la femme d'un ton hargneux.

Le couple se tenait enlacé, solidaire. Arialde regarda autour, dans l'espoir d'apercevoir l'agent en patrouille.

— Pourquoi ne pas m'accompagner à la Sécurité, Monsieur? Nous pourrions voir ce qu'ils disent du cambriolage de votre alcôve.

— Mes affaires ne regardent pas la Sécurité! Et vous, laissez-nous tranquilles, sinon...

Son ton menaçant n'effrayait pas Arialde: le bon droit ne se trouvait-il pas de son côté?

— Vous savez très bien qu'il existe une loi sur la protection des espèces extraterrestres. Posséder un attribut d'un de ces animaux est illégal, de même qu'en faire le commerce.

L'homme haussa les épaules; Flora Syrelle se redressa, pour mieux se protéger contre l'attaque verbale. Se laissant porter par sa rancœur, Arialde continua:

— Cela vous laisse peut-être indifférents, vous les Terriens, mais moi je suis née sur Arkadie, je n'ai pas envie que nos oiseaux se fassent massacrer parce que des imbéciles ont envie de se ficher des plumes dans la tête! Ce n'est pas parce que vous avez détruit des centaines d'espèces animales, sur Terre, que nous vous laisserons faire sur notre planète!

Flora Syrelle accueillit la tirade d'un reniflement méprisant. Son compagnon répliqua, cependant:

— Ça vous va bien d'accuser les Terriens! Si vous voulez savoir, laissez-moi vous dire que vos plumes, je ne les ai pas achetées sur Terre, mais ici, dans Agora. Si vous tenez à défendre votre faune, commencez donc par surveiller un peu mieux les transports en provenance d'Arkadie!

Là-dessus, il saisit la valise de cuir identifiée au nom de Syrelle et entraîna sa compagne loin d'Arialde. La jeune femme les regarda s'éloigner, puis elle se précipita vers un communicateur public. À la Sécurité, l'employé qui lui répondit refusa d'abord de transférer son appel au bureau de la lieutenante Clairoux. Enfin, Arialde obtint de voir son interlocutrice à l'écran. L'officière avait les traits tirés : elle n'avait sans doute pas beaucoup dormi, cette nuit.

— Qu'avez-vous encore, Madame Henke?

— Venez vite, j'ai trouvé les gens aux plumes !

Brièvement, elle narra sa rencontre avec Flora Syrelle et son compagnon.

— S'ils n'ont plus les parures, grogna Clairoux, je ne vois pas ce que je peux faire.

— Mais, Lieutenante, vous ne trouvez pas louche cette histoire de vol?

Sur l'écran, le visage de Clairoux demeura indifférent.

— Je ne peux quand même pas fouiller tous les bagages.

Incroyable! Est-ce que la Sécurité ne ferait rien pour éclaircir cette affaire? Arialde se surprit à supplier :

— Au moins, interrogez ces gens !

Clairoux parut secouer sa fatigue. Elle nota le nom de Flora Syrelle et affirma qu'elle la rencontrerait avant le départ des congressistes.

— À condition que vous me laissiez faire mon travail, Madame Henke.

Arialde promit de ne plus se mêler de l'enquête. Elle aurait juré n'importe quoi, pourvu que Clairoux acceptât d'agir. La jeune femme coupa la communication, songeuse. Il y avait, dans cette affaire, plus de questions que de réponses : qui avait volé les parures de plumes et pourquoi? Surtout, comment les plumes d'oriflore étaient-elles parvenues à Agora?

Bien sûr, les plumes provenaient d'Arkadie, puisque c'était là-bas que se trouvaient les oriflores. Mais, ce qui inquiétait Arialde, c'était l'idée que Flora Syrelle pouvait ne pas être la seule personne à posséder de telles parures. Quelqu'un, sur Arkadie, avait peut-être trouvé là un petit commerce lucratif. Ça, ce serait pire que tout : un trafic de dépouilles animales!

* * *

— Le pire, mon vieux, ajouta Arialde à l'intention de son jeune frère, c'est qu'on ne peut plus rien faire : dans trois heures, il faut se trouver dans le hall d'embarquement pour prendre la navette à destination d'Arkadie.

Fédric soupira son approbation. Arialde et son frère se trouvaient à la cafétéria où quelques employés en quart de repos prenaient une collation d'après-midi. Les congressistes, eux, étaient réunis dans la grande salle à écouter les discours de clôture. Arialde avait croisé son frère à l'entrée de la salle du congrès, et les deux jeunes Arkadiens avaient décidé de s'éloigner de la foule. Arialde avait mis son frère au courant de ses dernières découvertes et de l'apparent manque de zèle de la lieutenante Clairoux.

Penché en avant, Fédric posa la tête sur ses mains.

— Si seulement on était sur Arkadie, on saurait à qui demander de l'aide...

Arialde ne put réprimer un mouvement de recul. Demander de l'aide! Elle savait bien à qui Fédric songeait: elle avait connu un policier, sur Arkadie, deux ans auparavant, elle avait même été assez bête pour en tomber amoureuse. Heureusement, l'année précédente, elle avait retrouvé ses esprits. Non, elle n'avait aucune envie de rentrer bredouille chez elle, encore moins d'aller demander assistance à l'inspecteur Michel Corsan!

— Il doit pourtant y avoir quelque chose qu'on peut faire ici. Après tout, chaque objet qui quitte Arkadie doit forcément passer par Agora. Si l'ami de Flora Syrelle a acheté les plumes ici, il doit bien y avoir quelqu'un qui est au courant, pour nous dire qui les apporte...

Fédric se redressa lentement, puis chuchota:

— Il y a un train spatial stationné à quai, j'ai entendu des gens en parler, tout à l'heure...

Sans même s'en rendre compte, Arialde adopta le même ton conspirateur.

— Un train qui part pour Arkadie ou qui en arrive?

— Ça, j'avoue que je n'ai pas compris. Mais qu'est-ce qui nous empêche d'aller y jeter un coup d'œil? Avec de la chance, on pourrait interroger le conducteur, ou au moins des dockers. Ce sont eux qui manipulent la marchandise, ils savent forcément quelque chose sur l'arrivée des plumes!

Arialde consulta brièvement sa montre. La suggestion de Fédric lui plaisait, décidément. Ils n'avaient rien à perdre, sinon quelques heures à passer sur les quais. Sans un mot, elle repoussa sa chaise, imitée par son frère.

* * *

Si Arialde espérait interroger d'éventuels témoins d'un commerce illicite, elle fut déçue: les quais étaient déserts. La lourde machinerie qui servait au transbordement des marchandises demeurait inutilisée, répandant dans le haut couloir une odeur d'huile et de plastique brûlé. De larges sas s'ouvraient tout au long du corridor qui formait avenue, mais aucun d'entre eux ne semblait déverrouillé. Il y avait bien un train à l'arrêt, ainsi que l'indiquaient des informations au panneau de contrôle. Arialde et Fédric hésitèrent devant le sas d'accès au poste de pilotage. Ils se sentaient soudain intimidés: rien n'est plus sacré qu'un poste de pilotage. Seules les personnes autorisées y pénètrent d'habitude. Si seulement il y avait eu des employés au travail, les deux jeunes gens auraient pu les aborder. Mais ce couloir vide...

Arialde s'aperçut soudain qu'elle était seule. Un instant auparavant, Fédric se tenait à ses côtés, elle en était certaine. Elle pivota sur elle-même, étreinte par une angoisse aussi absurde qu'incontrôlable.

— Fédric, où es-tu?

Elle ne perçut que l'écho de son propre souffle, répercuté par la haute voûte du couloir. «Fédric?»

Elle le vit enfin qui lui faisait signe, à une trentaine de mètres derrière. Elle le rejoignit rapidement.

— Où étais-tu passé, espèce de crétin?

— Le crétin a trouvé un entrepôt ouvert, crétine toi-même!

En effet, il se tenait dans l'embrasure d'une porte coulissante à demi écartée. Arialde s'approcha et jeta un coup d'œil à l'intérieur de la pièce, pour ne voir rien d'autre que des caisses. Sur le plancher, quelques papiers d'emballage.

— Viens, l'invita Fédric, tu vas voir, ça communique les uns avec les autres.

Elle hésita à le suivre, prenant conscience du caractère indiscret de leur présence. Si un employé survenait, il ne serait peut-être pas très bien disposé à répondre à leurs questions. Et puis, elle avait promis à la lieutenante Clairoux de ne plus se mêler de l'enquête... Arialde regrettait sa promesse. D'autant plus qu'une caméra de la Sécurité, accrochée au plafond, dardait sur elle son œil froid. Que dirait la lieutenante Clairoux, si elle apercevait Arialde sur l'un des six écrans du poste de surveillance?

— Allez, poule mouillée, insista Fédric. Suis-moi.

La curiosité fut la plus forte. Arialde se glissa dans l'embrasure, le nez assailli par une odeur de légumes moisis.

— Y aurait des tas de cachettes, par là, chuchota Fédric. Tu imagines, si on trouvait l'endroit où seraient cachées les plumes?

Des caisses, empilées contre un mur, formaient une ombre géométrique sur le plancher de la pièce. Fouiller tout cela prendrait des heures; pourtant Arialde et Fédric s'attelèrent à la tâche avec diligence. D'ailleurs, certaines des caisses étaient vides, ils purent les écarter rapidement et passer à une autre pièce. Les deux jeunes gens avancèrent à pas de loup. Les salles communiquaient entre elles, presque identiques. Partout, la même empilade de caisses parfois béantes qui exhalaient des odeurs de nourriture avariée. Arialde et Fédric fouillaient, se salissaient les mains, puis progressaient dans une autre salle. Soudain, Fédric s'immobilisa.

— Écoute.

Tendant l'oreille, Arialde perçut un bruit, trop régulier pour ne pas être mécanique. Des coups, frappés à intervalles réguliers, résonnaient du bruit de métal contre métal.

— C'est une machine qui vient d'être mise en route, murmura la jeune femme. Les dockers commencent peut-être leur quart de travail...

Elle consulta sa montre. Déjà cinq heures! Il ne fallait pas risquer de manquer le départ de la navette vers Arkadie. Et Ève devait les chercher partout, furieuse de leur disparition.

— Filons d'ici, Fédric.

— Non, je veux aller voir ce que c'est.

Arialde eut beau protester, son frère était déjà en chasse. Elle le suivit donc. Ils se laissèrent guider par le bruit, pour découvrir finalement la porte d'un réduit, tachée d'empreintes de doigts sales. Arialde en commanda l'ouverture, avec un regard condescendant pour son frère. À l'intérieur, une pince mécanique, branchée à une prise murale, battait la paroi d'une caisse.

— Un outil! fit Arialde avec dédain.

Fédric l'écarta pour entrer dans le réduit. Elle le suivit. L'adolescent demeura immobile, à contempler la pince qui s'agitait dans sa caisse comme un animal doté d'une vie propre.

— Ouais, répliqua Fédric, un outil. Mais qui l'a mis en marche?

À ce moment, il se produisit trois événements presque simultanés: une canette de métal roula dans le cagibi, la porte coulissa pour se fermer et un chuintement de gaz devint perceptible. Arialde tourna des yeux étonnés vers son frère, puis elle baissa la tête pour regarder la canette, qui s'était arrêtée contre la caisse. Le gaz jaillissait de la canette. Ce fut la seule constatation dont Arialde devait se souvenir. Lorsqu'elle voulut se redresser, elle sentit le poids de son corps l'entraîner vers le sol, puis elle n'eut plus conscience que des battements de son cœur, avant de sombrer dans l'inconscience.

4

Moral sous zéro

Arialde rêvait qu'elle dormait dans sa boîte à sommeil d'Agora, mais il lui semblait que l'alcôve avait rapetissé durant la nuit: elle était maintenant à peine plus grande qu'un cercueil, aussi froide, aussi inquiétante. Arialde voulut bouger les bras pour toucher le plafond, mais ne put remuer. Bien qu'elle sentît contre son dos une surface dure, son corps flottait étrangement, comme si elle ne pesait plus rien, qu'elle était morte. Cette sensation d'étouffement! Elle poussa un cri, voulut se redresser sur sa couchette, et son corps fit un bond. Elle ne dormait plus.

Elle flottait dans le vide, les bras immobilisés le long du corps par une large courroie. Derrière, elle devinait la présence d'un mur, cependant son corps refusait d'y rester appuyé. C'était comme être plongée dans une piscine, sauf qu'il n'y avait pas d'eau pour supporter son corps: juste de l'air. Elle ne voyait rien, mais n'était pas devenue aveugle: l'endroit où elle se trouvait était plongé dans l'obscurité. Pas très loin, sur la droite, un point lumineux demeurait visible, un carré rouge, au-dessus du rectangle gris de ce qui pouvait constituer un écran, étroit, minuscule.

Pour tâter la courroie qui l'emprisonnait, Arialde remua prudemment. Ses pieds heurtèrent une barre métallique. Arialde se sentit repoussée vers l'arrière, elle fut arrêtée par le mur froid. De son bras gauche, elle effleura une chose tiède enveloppée de tissu. Le souvenir lui revint: le placard, la pince mécanique, la canette, un sifflement de gaz qui s'échappe...

— Fédric, c'est toi?

Elle perçut un soupir. Comme ses yeux s'habituaient à l'obscurité, elle distingua dans l'ombre la forme de son frère, les bras allongés près du corps, tout comme elle, flottant contre le mur dans la nuit trouée par la lueur rouge. Elle crut deviner aussi, devant eux, un quadrillage formé de barres qui se croisaient à intervalles réguliers.

— Fédric, réveille-toi!

Elle étira la main pour toucher la courroie qui retenait ses bras et sentit, sous ses doigts, un morceau de métal qui lui parut glacial dans le froid ambiant. Une attache magnétique! Arialde souleva doucement l'attache qui céda sans effort. Libre. Elle se retint à la courroie pour ne pas s'éloigner, tendit la main, agrippant les vêtements de son frère pour flotter vers lui.

— Fédric?

Il bougea et, comme sa sœur avant lui, dut sentir son corps délesté de son poids. Ses mains s'accrochèrent aux vêtements de sa sœur.

— Qu'est-ce qui se passe?

La voix de l'adolescent était tendue, inquiète.

— On est en apesanteur.

Le mot, familier, parut rassurer l'adolescent. L'apesanteur, ils connaissaient tous deux, pour l'avoir vécue lors du voyage qui les avait conduits à Agora. Mais, dans la navette qui les avait amenés, ils avaient pu se déplacer librement grâce au velcro recouvrant les parois, qui retenait leurs chaussures en les empêchant de flotter de tous côtés. Alors qu'ici, dans cet endroit obscur, leurs bras avaient été entravés...

— Où... Où on est? demanda Fédric d'un ton prudent, comme s'il craignait même de parler.

— J'en sais rien. Je vais te détacher, mais ne bouge pas avant que je te le dise, d'accord?

Elle le sentit, contre elle, qui retenait son souffle. Elle déboucla l'attache magnétique d'une main tandis que, de l'autre, elle saisissait la courroie qui avait lié son frère.

— Tiens la courroie, Fédric, fais comme moi.

Arialde étira un bras. Ses doigts heurtèrent la surface lisse, glissante, de la barre métallique qui s'étendait devant eux. Elle parvint à s'y accrocher, tendit une main à Fédric et l'attira vers elle. Les deux jeunes gens agrippèrent la barre et flottèrent l'un près de l'autre.

— Qu'est-ce qui se passerait, chuchota l'adolescent, si la pesanteur était rétablie?

— C'est pour ça que tu ne dois pas lâcher cette fichue barre. On va la suivre, pour voir où ça mène.

Et si la barre de métal ne menait nulle part? Si Arialde et son frère demeuraient suspendus dans un vide infini, plus vaste que le cosmos? La jeune femme frissonna.

— On dirait que la barre traverse toute la salle, fit remarquer Fédric.

Arialde l'approuva d'un signe de tête. À mesure que ce nouvel environnement lui devenait familier, elle se rendait compte que l'endroit avait des murs, qu'il n'était pas infini, mais qu'au contraire il ne devait pas faire plus de dix ou quinze mètres de long par cinq ou six mètres de haut. Arialde tourna la tête vers la droite, là où brillaient la lueur rouge ainsi que le rectangle de ce qui lui semblait un petit écran. S'il s'agissait bien de ce qu'elle croyait, ce devait être un panneau de contrôle, commandant l'ouverture de la porte. Si leur kidnappeur ne les avait pas ligotés plus solidement, peut-être n'avait-il voulu les enfermer ici que de façon temporaire. En ce cas, la sortie ne serait pas verrouillée, les deux jeunes gens pourraient quitter cet endroit.

— En suivant la barre, indiqua Arialde, je crois qu'on pourrait atteindre la lumière, là-bas. Qu'est-ce que tu en penses?

Fédric répondit d'un hochement de tête. Au premier mouvement vers la droite, Arialde sentit sous ses doigts une bande de caoutchouc qui entourait la barre métallique. Elle tira la bande à elle : c'était une courroie, dotée d'une attache identique à celle dont les jeunes gens s'étaient délivrés.

— On est dans un entrepôt, supposa Arialde. Les courroies servent à empêcher les marchandises de bouger dans l'apesanteur.

Le ton de Fédric parut sceptique.

— Un entrepôt, peut-être. Mais on dirait plutôt la soute d'un cargo, non? Sinon, pourquoi on serait en apesanteur?

Arialde se raidit contre la barre métallique. Fédric n'avait pas tort : s'ils se trouvaient dans la station Agora, pourquoi l'apesanteur? Mais, s'ils avaient été enfermés à bord d'un vaisseau... Cela signifiait : dans l'espace.

Arialde tourna le dos à son frère et continua à avancer le long de la barre. À quoi bon perdre son temps à se poser des questions? Ce qu'il fallait faire, c'était trouver le moyen de sortir d'ici, et vite.

Ils croisèrent des barres transversales et de nombreuses autres courroies flottant dans le vide, qui les frôlaient au passage ainsi que de lents serpents de caoutchouc. Enfin, ils parvinrent à la hauteur de la lumière, qui se trouva alors quelques mètres à peine devant eux. Arialde se glissa le long d'une barre pour atteindre ce qui s'avéra bel et bien être un panneau de contrôle. Fédric l'avait suivie; de sa main, il effleura la surface du panneau.

— Y a pas de clavier, souffla l'adolescent. Rien qu'un tableau numérique.

Arialde distingua, là où son frère la désignait, la section où se devinaient les carrés plus petits de touches numériques. Verrouillée ou non, la sortie était commandée par un code que les deux jeunes gens ignoraient...

Fédric lâcha la barre, Arialde l'agrippa par les vêtements pour l'empêcher de flotter trop loin. L'adolescent tâta le long du mur et indiqua qu'ils se trouvaient effectivement près du sas de sortie. Comment en commander l'ouverture? Le voyant lumineux rouge pouvait signifier : danger. Cependant, s'ils se trouvaient bien dans un vaisseau spatial, la porte devait ouvrir sur l'intérieur de la soute. Il n'y avait sans doute aucun danger à tenter de trouver le code d'ouverture.

— Soyons logiques, fit Arialde. Ça ne doit pas être très différent des commandes des glisseurs que nous utilisons sur Arkadie.

Fédric émit un grognement qui pouvait passer pour une approbation. Arialde examina le panneau.

— Il doit y avoir une fonction «check». Ça nous aidera peut-être à trouver le bon code.

Si des indications étaient écrites sur les touches, l'obscurité empêchait Arialde de les lire. Elle enfonça les touches l'une après l'autre. Des chiffres s'inscrivirent sur l'écran gris; rien ne bougea, sauf une inscription qui apparut: «Pour modifier la température, appuyer sur 2». Arialde, qui commençait à trouver la température ambiante plutôt froide, appuya sur la touche indiquée. Aussitôt, un sifflement d'air glacial s'échappa des parois.

— Qu'est-ce que tu as fait? s'inquiéta Fédric. On va geler!

Arialde enfonça à nouveau la touche 2, jusqu'à ce que l'air cessât de siffler à leurs oreilles.

— Un entrepôt de congélation, murmura la jeune femme.

Fédric se laissa glisser dans l'air refroidi.

— On arrivera jamais à sortir d'ici.

Arialde partageait cette crainte, mais elle protesta:

— Pourquoi t'es aussi pessimiste? Tu oublies que nous devons partir ce soir. Ève va s'inquiéter, elle va alerter la Sécurité pour qu'on nous cherche.

— Ouais, mais si on est à bord d'un vaisseau qui fait route vers la Terre, tu peux m'expliquer comment la Sécurité d'Agora va nous trouver?

Arialde demeura muette un moment. Le manque de zèle dont l'officière Clairoux avait fait preuve dans l'affaire des plumes d'oriflores n'était pas très rassurant, mais ce n'était pas une raison pour se laisser abattre.

— S'ils ne nous trouvent pas dans la station, Fédric, il faudra bien qu'ils pensent que nous avons quitté Agora.

L'adolescent agrippa une courroie qui flottait près de lui et s'enroula la bande de caoutchouc autour de la jambe, avant de se laisser dériver.

— Qu'est-ce qu'on va faire?

Arialde lui adressa un sourire, même si elle savait qu'il ne pouvait la voir dans l'obscurité.

— Eh bien, on ne manque pas d'oxygène, c'est un peu frais peut-être, mais ça pourrait être pire. On va attendre que les autres nous trouvent.

Comme pour mettre cette affirmation en pratique, elle tâtonna le long du mur pour trouver, à son tour, une courroie d'arrimage. La paroi en était pourvue: c'était plutôt de grosses ceintures que de simples bandes de caoutchouc. Arialde s'entoura d'une courroie qui fit trois fois le tour de sa taille avant de se fermer par l'attache magnétique.

Fédric émit un bruyant soupir. La patience n'avait jamais été sa vertu première. Comment l'empêcher de compter les secondes qui s'écoulaient, comment le distraire de cette situation?

— Tu n'as pas ta télunette? Est-ce que ce n'était pas cet après-midi, le fameux match de finale présenté en direct?

Fédric poussa une exclamation. Il fouilla ses poches, trouva la monture de la télunette et tâta le côté de sa tête afin de brancher l'appareil dans sa prise temporale. Puis il abaissa la monture devant son œil droit.

— Merde! C'est impossible, je ne capte rien!

L'adolescent retira la monture de la télunette, la retourna en tout sens, la secoua, avant de la remettre en place.

— Rien du tout. Qu'est-ce que ça veut dire, tu penses, Arialde?

Sa sœur ne répondit pas tout de suite. Si la télunette de Fédric ne captait rien, c'est qu'ils s'étaient éloignés de l'antenne d'Agora. Et s'ils s'étaient éloignés de l'antenne d'Agora... Arialde revoyait en pensée le long couloir bordé de sas. Fédric et elle se trouvaient-ils à bord du train spatial? Cela expliquerait pourquoi la sortie verrouillée s'avérait impossible à ouvrir : les conteneurs qui formaient le train spatial ne possédaient pas de sas. De l'autre côté de la porte, c'était le vide de l'espace... Quelle distance le train avait-il parcourue?

Arialde leva le bras pour trouver la commande d'éclairage du cadran de sa montre. Neuf heures vingt-trois. Ils étaient restés inconscients durant des heures, le temps, pour le train, de franchir quelques milliers d'unités astronomiques... Jusqu'où iraient-ils avant que quelqu'un ne découvre leur présence? Si effectivement Ève Gonnerville avait donné l'alerte en ne les voyant pas arriver au rendez-vous fixé pour le départ, les recherches afin de retrouver les deux jeunes gens devaient avoir débuté depuis longtemps déjà. Combien de temps faudrait-il avant que la Sécurité émette l'hypothèse que les jeunes gens avaient peut-être été emmenés hors de la station? Du reste, les caméras de surveillance, au poste de la

Sécurité, n'avaient-elles pas montré l'enlèvement?

Arialde leva les yeux vers son frère, troublée par le profond malaise qui l'envahissait. Intrigué par le non-fonctionnement de sa télunette, l'adolescent ne semblait pas se poser de questions sur les raisons de ce silence télaz. Arialde, elle, devait à tout prix éviter de susciter l'angoisse. Elle se répétait qu'il était trop tôt, qu'il faudrait de toute façon encore des heures avant qu'on songe à les rechercher hors d'Agora, mais elle ne pouvait s'empêcher de se dire que, peut-être, on ne les trouverait pas du tout...

Sa voix trembla un peu lorsqu'elle demanda:

— Alors, on ne saura pas qui a gagné le match?

— Non, mais j'espère que quelqu'un pourra me le dire!

La voix raffermie, Arialde reprit:

— Tu crois que les étoiles des colonies ont pu gagner?

Fédric rangea sa télunette avec un haussement d'épaules.

— Sais pas. Les règlements de la ligue sont tellement compliqués, et les gars des colonies ne sont pas habitués à jouer à l'intérieur...

— Je voudrais bien voir un match de hockey extérieur, fit Arialde d'un ton qu'elle voulait enjoué. Ça doit être drôle de voir jouer des gens en scaphandre, avec leur système répulsif pour éviter les contacts. Il doit y avoir des jeux pas mal comiques, des fois.

— Oui, à certains endroits, la gravité est presque à zéro, c'est comme si les gens jouaient en apesanteur.

Fédric se raidit soudain.

— Comme ici, ajouta-t-il.

Arialde détourna la tête. Si elle avait voulu distraire son frère de leur situation, c'était raté. Fédric resta silencieux un moment, puis :

— J'ai mal au cœur.

L'effet du gaz soporifique, sans doute. Ça valait mieux que d'avoir faim. Ou soif.

Arialde passa la langue sur ses lèvres sèches. Elle n'aurait pas dû évoquer l'impossibilité de boire. Rien qu'à penser qu'elle ne pouvait l'étancher, sa soif devenait omniprésente.

Arialde se tourna vers le panneau de contrôle et pressa à nouveau toutes les touches. Une nouvelle ligne s'inscrivit à l'écran : «Verrou bloqué. Composer code. » D'un mouvement brusque, la jeune femme asséna un coup de poing au panneau.

— Eh ! protesta Fédric. Qu'est-ce que tu fais ?

— Il doit bien y avoir un panneau central, dans ce vaisseau. Si on cause une panne ici, le pilote va se demander ce qui ne va pas.

Elle s'aperçut, un peu tard, qu'elle venait d'admettre l'éventualité qu'ils se trouvaient dans l'espace. De toute façon, elle aussi en avait assez d'attendre, elle voulait sortir de cet endroit.

— Pousse-toi, ordonna Fédric, tu ne tapes pas assez fort.

Il s'accrocha à la barre qui prenait naissance près du panneau et parvint à frapper avec assez de force pour causer des dégâts, mais l'effet d'apesanteur lui fit décrire un bond vers l'arrière.

— Attends! cria Arialde. Ne le démolis pas!

Trop tard. L'écran creva avec un grésillement, une odeur de brûlé assaillit les narines des jeunes gens. Ouf! Arialde avait craint, durant un instant, qu'un court-circuit ne provoque l'ouverture du sas et que les deux passagers clandestins ne soient projetés dans le vide. Soulagée, Arialde se réjouissait du résultat lorsqu'elle perçut, dans son dos, un chuintement qui lui donna littéralement la chair de poule: en démolissant le panneau, Fédric avait causé un dérèglement du contrôle de température. L'air qui sortait des conduits d'aération devenait de plus en plus glacial.

Fédric se mit à tousser, imité par Arialde, tant à cause de la fumée que le panneau exhalait qu'en raison de l'âcreté de l'air sec et froid.

— On va congeler! haleta Fédric.

Impossible de revenir en arrière. À l'évidence, la température chuterait très rapidement. Fédric ne se trompait pas: ils allaient mourir de froid, bien avant que les secours ne surviennent. À moins de trouver, très vite, une solution.

Arialde tendit la main vers son frère.

— Viens près de moi, j'ai une idée.

Elle n'avait pas oublié les tests qu'elle avait

subis, en tant qu'enfant née d'une expérience de génétique. En théorie, son corps avait été conçu pour s'adapter aux températures extrêmes : c'était l'occasion ou jamais de vérifier si l'expérience avait réussi.

Fédric s'accrocha à sa sœur. Elle sentit, sur son bras, le givre qui commençait à se former. Elle déboucla l'attache magnétique, défit la bande pour élargir la ceinture qui entourait sa taille, y inclut son frère, puis referma la boucle. Ainsi, lorsque le vaisseau stopperait, lorsque la pesanteur serait rétablie, Fédric et elle ne risqueraient pas d'être blessés. Au fond, ils avaient accidentellement trouvé la meilleure solution : si le voyage devait durer des jours, ils seraient morts de faim ou de soif de toute manière. Tandis qu'ils avaient maintenant une chance si, comme le croyaient les généticiens qui les avaient créés, leur métabolisme se mettait vraiment à ralentir pour répondre à l'abaissement de la température.

— Qu'est-ce que tu veux faire? grelotta Fédric.

— Ferme les yeux, chuchota Arialde contre son oreille. Tu te rappelles, les exercices qu'on faisait avec tante Lori? Tu étais tout petit, alors...

Fédric se serra plus étroitement contre elle.

— Respire tout doucement, souffla Arialde. Lentement... Lentement...

Elle se rappelait. Selon l'oncle Wassi, le métabolisme des enfants pouvait s'adapter à la température ambiante. Lorsqu'il faisait très chaud, leur rythme respiratoire augmentait, et la température de leur corps suivait celle de l'extérieur. Cependant, jamais ils n'avaient expérimenté l'adaptation au froid. Si les généticiens ne s'étaient pas trompés, le rythme respiratoire des enfants devait ralentir, leur circulation sanguine serait presque arrêtée, jusqu'à atteindre ce que l'oncle Wassi appelait «l'état de vie ralentie». En fait, la température de leur corps chuterait avec un ou deux degrés de retard sur la température ambiante. Leurs membres allaient s'engourdir, ils sombreraient dans le sommeil, comme des animaux en pleine hibernation.

À moins qu'au bout du sommeil, il n'y eut que la mort.

* * *

Sur le fond noir de l'espace, un vaisseau ne se distingue presque pas, à moins qu'il possède de nombreux hublots. Il faut beaucoup d'attention pour le repérer, et alors il semble immobile. C'est un train spatial tirant ses «wagons», terminé par l'engin de queue tout brillant de ses feux de position, et précédé de sa «locomotive»: un vaisseau de tête, où se découpent de longues fenêtres étroites, celles du poste de pilotage. Deux personnes sont assises dans le cockpit: un homme âgé, un autre plus jeune. L'habitacle du vaisseau de tête est étroit, on y trouve deux couchettes le long de la paroi du fond, ainsi qu'un minuscule coin-repas. Le poste de pilotage est éclairé de voyants lumineux. Sur le visage des deux hommes, se reflète l'éclat blafard des écrans.

Le plus âgé des deux hommes effleure les touches d'un clavier.

— Il y a un problème dans le conteneur 28, Jerry. C'est un des conteneurs qu'on a vidés à Agora. Je ne comprends pas, il n'a même pas été dépressurisé. La température vient de chuter brusquement, l'ordinateur signale une panne.

Le plus jeune des deux hommes, celui que son compagnon a appelé Jerry, réagit avec vivacité.

— Quel conteneur, tu dis? Le 28?

— C'est une panne du système de congélation, répond l'homme âgé. Rien d'inquiétant, le conteneur est vide.

— Je n'aime pas ça.

Le silence règne un moment dans le poste de pilotage. Sourcils froncés dans son visage bronzé, Jerry effectue quelques vérifications.

— Qu'est-ce que tu veux faire? s'enquiert son compagnon.

— C'est tout le contrôle du conteneur qui semble bousillé. Imagine que ses attaches avec les autres conteneurs s'ouvrent d'elles-mêmes...? Ou que les contrôles d'autres conteneurs tombent en panne à leur tour?

Jerry se tait un moment, observant son camarade qui est très sceptique, puis il tend une main décidée vers le tableau de bord.

— On retourne à Agora, Paul. Je veux en avoir le cœur net.

— T'es fou? On a trois heures de route derrière nous! Et puis, on est attendu à Howell.

— Eh bien, ils nous attendront.

* * *

Plus tard, beaucoup plus tard, le train spatial est à nouveau à quai. Les deux hommes quittent le poste de pilotage, assaillis de questions par les contrôleurs spatiaux d'Agora, qui ne s'expliquent pas le retour du train. Jerry court sur le quai d'amarrage, le long des sas qui donnent accès à chacun des trente-deux conteneurs du train. Devant le sas 28, Jerry s'arrête. Il n'attend pas Paul, qui le rejoindra en haletant, à bout de souffle. Jerry commande l'ouverture du sas.

Bientôt, un air glacial s'exhale en chuintant du conteneur défecteux, créant une brume blanche dans le couloir d'Agora. Les dockers, accourus sur les lieux en compagnie du douanier, s'exclament: «Qu'est-ce qui se passe?» Jerry tousse dans l'air froid.

— Restez là.

Paul aspire avec peine, mais il s'enfonce, à la suite de Jerry, dans le brouillard glacé du conteneur. À l'intérieur, Jerry s'est arrêté, il regarde autour de lui. Puis, sans un mot, il se penche vers le sol, à gauche de la porte, vers une forme immobile, recouverte de givre. Paul se précipite près de son compagnon: comme Jerry, il a reconnu deux corps humains qui gisent enlacés. Jerry passe une main sur l'un des visages, il découvre les traits d'une jeune femme, sa peau bleuie par le froid.

— Oh, mon Dieu! gémit Paul. Ils sont morts?

Jerry ne répond pas, cela semble l'évidence. Paul s'accroupit sur le sol, contemplant le visage de la jeune femme, effaré. Soudain, Paul pousse un cri inarticulé, puis il s'écroule vers l'arrière. La jeune femme a ouvert les yeux.

5

À propos des sauveteurs

Lorsque ses ongles griffèrent le tissu de ses draps, la première pensée d'Arialde fut qu'elle avait fait un drôle de rêve, dont elle ne se souvenait que confusément. Elle y avait aperçu un visage familier, sans parvenir à se rappeler quelle personne lui était ainsi apparue dans son sommeil. Puis, ses oreilles enregistrèrent des sons qui n'étaient pas ceux de la maison: entrechoquement de verres, chuchotements compassés, «bips» sonores. Quelqu'un serait entré dans sa chambre? Peut-être sa sœur Marline, mais Marline n'aurait pas murmuré: «Tout va bien, cessez de vous en faire» avec une voix masculine. Alors Arialde se souvint qu'elle n'était pas couchée dans sa chambre, à la maison, mais qu'elle se trouvait en congrès à Agora. Puis, elle se rappela l'obscurité, l'apesanteur, le froid glacial, le corps de Fédric contre le sien, gelé sous ses doigts engourdis.

Elle voulut ouvrir les yeux, mais cela lui sembla au-dessus de ses forces. Elle voulut parler, mais ne put que geindre faiblement. Une main tiède se posa sur son front, la voix familière d'Ève Gonnerville murmura: «Je suis là, Arialde.»

Cette fois, elle parvint à ouvrir les yeux.

Ève était penchée sur elle, son visage aux joues rondes pâli par l'inquiétude, marqué d'une ride d'angoisse aux commissures des lèvres. Derrière l'exobiologiste, Arialde aperçut un homme en blouse blanche qui la contemplait en souriant. Arialde tourna la tête: tout à côté de son lit, une petite table d'un turquoise pâle et, de l'autre côté, un second lit dans lequel Fédric était assis, appuyé contre des oreillers. Les yeux de l'adolescent brillaient d'excitation.

— T'es réveillée, Aria?

Elle fronça les sourcils.

— J'ai vu deux hommes qui me regardaient...

L'homme en blouse blanche s'approcha. Sur son épaule, une plaque d'identité indiquait: «Dr. J. Scott».

— Vous avez fait une belle peur à l'un d'eux, Arialde; il se trouve ici, dans une autre chambre.

— Il a fait un infarctus, ajouta Fédric avec une grimace mutine. Il nous croyait morts, alors tu imagines, quand tu as ouvert les yeux...

Arialde tenta de se redresser. Ève l'aida à se soulever et lui glissa un oreiller derrière les épaules.

— Vous nous avez fait peur à tous. Quelle idée d'aller vous promener dans un conteneur! Vous auriez pu être tués...

— Vous auriez *dû* être tués, enchérit le docteur Scott. J'ai appelé Arkadie et j'ai parlé avec le professeur Kradine, cette nuit, il était à la fois angoissé et émerveillé d'apprendre que votre processus d'adaptation vous avait sauvé la vie.

Arialde leva vers le médecin un regard intrigué.

— Vous avez parlé à l'oncle Wassi?

— Il fallait bien, Arialde, intervint Ève, il fallait le prévenir de ce qui vous est arrivé, à Fédric et à toi. D'ailleurs, il a demandé que vous l'appeliez, pour lui assurer que tout va bien, dès que vous serez en état de le faire.

Le docteur Scott s'interposa aussitôt:

— Cela attendra à demain. Pour l'instant, nos deux jeunes amis doivent se remettre, et surtout laisser le temps à leur organisme de se réadapter à une température normale.

À regret, Ève Gonnerville quitta le chevet de ses compagnons. Lorsque la visiteuse et le médecin eurent quitté la pièce, Fédric se pencha vers sa sœur.

— Tu crois qu'on va parler de nous à la télaz?

Arialde laissa ses paupières trop lourdes se refermer.

— J'en sais rien, Fédric, je veux seulement dormir...

Mais, tandis que son corps épuisé glissait

vers le sommeil, son cerveau, lui, commençait vraiment à s'éveiller. Personne n'avait parlé d'enlèvement, pourtant il y aurait sûrement une enquête. La lieutenante Clairoux serait bien obligée de prendre au sérieux l'affaire des plumes d'oiseaux, puisque c'était en fouinant pour trouver des traces qu'Arialde et Fédric avaient été enlevés. Bien sûr, les deux jeunes gens avaient causé leur propre malheur en détruisant le panneau de contrôle qui avait provoqué la congélation. Mais une réalité demeurait : cette aventure aurait pu être mortelle.

Arialde frissonna. Il lui semblait qu'elle n'arriverait jamais à se réchauffer complètement, désormais.

* * *

— Je ne crois pas qu'il y ait de séquelles, Docteur.

Oncle Wassi s'adressait au docteur Scott, mais ses yeux ne cessaient de revenir à Arialde et à Fédric qui se tenaient près du médecin, devant l'écran du communicateur où apparaissait le professeur Kradine. Cher oncle Wassi! Il couvait ses «enfants» d'un regard ému. Arialde retrouvait avec plaisir son visage rond au nez droit qu'animait un regard d'un bleu vif, pétillant d'intelligence et, à ce moment, de tendresse. Ses cheveux, qu'Arialde avait connus blonds longtemps auparavant, viraient de plus en plus au blanc. Toute cette histoire de congélation n'avait pas été pour le rajeunir.

— Si vous m'assurez que vous les prendrez en charge dès leur arrivée, fit le docteur Scott de sa voix grave, je vous les rends. Un transporteur est annoncé pour demain, ils pourront reprendre la route d'Arkadie à son bord.

Le regard d'oncle Wassi s'assombrit, puis il se tourna vers Arialde.

— Tu as entendu le docteur Scott? Il faut que vous reveniez très vite, que je puisse vous examiner. Tout le monde, ici, est très inquiet.

— Inquiet? répéta Arialde, intriguée. Mais nous allons bien, Fédric et moi, il n'y a plus de raison de vous en faire.

Les paupières de Wassi cillèrent, il se détourna.

— Nous vous expliquerons à votre retour.

D'un sourire, Wassi effaça son air soucieux, pour ajouter:

— Ian et Marline vous embrassent très forts, ils vont être fâchés de vous avoir manqués.

— J'en suis pas sûr... grogna Fédric, qui se disputait souvent avec son autre sœur.

Arialde coupa la communication. Tandis que Fédric quittait la cabine, en discutant avec le docteur Scott, sa sœur s'avança à pas plus lents. Qu'est-ce qui inquiétait les gens de Bourg-Paradis, pourquoi souhaitaient-ils le retour des jeunes gens? En plus, elle avait fort à faire ici, dans Agora. Puisqu'elle repartait le lendemain à bord du transporteur, elle devait se dépêcher d'aller voir l'officière Clairoux, à la

Sécurité, pour discuter de l'enlèvement dont elle avait été victime.

* * *

— Comment va mon enquête? répéta l'officière Clairoux.

Arialde se trouvait dans le bureau de la lieutenante, à la Sécurité. Il lui avait fallu déployer une patience inébranlable pour parvenir jusqu'à l'officière. «Elle est très occupée», répondait l'agent derrière le comptoir, quand Arialde demandait à la voir. *J'espère qu'elle est occupée à s'occuper de **mon** enquête*, s'était dit Arialde. L'officière Clairoux ouvrit des yeux emplis d'innocence.

— Si vous parlez de l'enquête à propos des plumes d'oiseaux, je vous signale que le dossier est classé. J'ai interrogé votre Flora Syrelle et je n'ai rien pu en tirer. Pour moi, l'affaire s'arrête là.

— Je ne comprends pas, fit Arialde en s'efforçant de rester calme. Je parlais de l'enquête sur notre enlèvement, à Fédric et moi.

L'officière Clairoux la dévisagea avec surprise, puis un sourire amusé se dessina sur ses lèvres.

— Un enlèvement, c'est votre dernière invention pour attirer l'attention?

Arialde quitta d'un bond la chaise où elle s'était assise, de l'autre côté du bureau de l'officière.

— Ce n'est pas une invention! Fédric et moi avons été kidnappés. Je ne vois pas comment vous pouvez mettre notre parole en doute!

— Un de mes agents a interrogé votre frère, lorsqu'il a repris conscience. Vous comprenez, nous étions tous très intrigués par ce qui avait pu vous pousser à entrer dans ce conteneur...

— Nous ne sommes pas entrés dans ce conteneur, corrigea Arialde, nous y avons été emmenés!

— Votre frère ne se souvient pas de la manière dont il y est entré.

Arialde sentit le rouge de la colère lui monter aux joues.

— Je m'en souviens, moi. Pourquoi ne m'avez-vous rien demandé?

La lieutenante Clairoux asséna une claque sur l'un des accoudoirs de son fauteuil, puis elle se leva.

— Venez, je vais vous montrer quelque chose.

Elle passa de l'autre côté de sa table de travail, prit Arialde par le coude et la guida d'une poigne ferme. Les deux femmes pénétrèrent dans la salle de surveillance. La lieutenante Clairoux conduisit Arialde devant les six écrans qui montraient, en alternance, les points principaux de la station Agora.

— Regardez bien, Madame Henke.

Arialde obtempéra. Elle examina les écrans à tour de rôle, se demandant ce que l'officière Clairoux cherchait à lui prouver. Les images de trois des écrans changeaient à intervalles réguliers, montrant les couloirs, les salles communes. Les images des trois autres demeuraient fixées au même endroit: le premier écran était arrêté sur une vue d'ensemble du couloir aux alcôves, les boîtes à sommeil; le second montrait la salle d'attente, au quai d'embarquement des passagers; enfin, le troisième présentait une vue du couloir que bordaient les sas, là où le train spatial avait été stationné.

— Avec la fin de votre congrès, expliqua la lieutenante Clairoux, nous avons porté une attention particulière aux endroits où se trouvaient vos confrères et consœurs, avant leur départ.

Clairoux désigna l'agent qui surveillait les écrans, assis devant la console de l'ordinateur, et qui s'efforçait de ne pas se laisser distraire par la présence de son supérieur.

— L'ordinateur analyse ce que perçoivent les caméras qui surveillent l'ensemble de la station. L'agent de garde surpervise l'opération, au cas où un événement serait mal interprété par l'ordinateur. Si vous aviez été transportés à bord du conteneur, votre frère et vous, l'ordinateur aurait noté une activité suspecte. Par contre, s'il vous a vus monter à bord de votre plein gré...

— Nous ne sommes pas montés à bord de notre plein gré! scanda Arialde.

L'agent qui veillait sur les écrans tourna vivement la tête vers elle, mais il ne dit rien. La lieutenante Clairoux soupira.

— Nous vous avons vus rôder dans le couloir, vous et votre frère, et c'est tout.

Arialde porta une main à ses paupières pour les frotter, puis elle se ravisa, laissa retomber son bras.

— Je ne mets pas en doute l'efficacité de votre système de surveillance, Lieutenante, mais ne pouvez-vous m'écouter deux minutes? C'est vrai, Fédric et moi, nous nous trouvions sur les quais, alors que nous n'avions rien à y faire. Mais je n'ai pas rêvé, quelqu'un nous a lancé une canette de gaz soporifique, nous avons perdu conscience et...

Cette fois, la lieutenante et son agent rirent franchement.

— Une canette de gaz! s'exclama Clairoux. Vous regardez trop la télaz, Madame Henke. Ce genre de gadget ne pourrait pas pénétrer dans Agora, les contrôles de douanes sont très serrés, vous vous en êtes sûrement aperçue en entrant dans la station.

Oui, songea Arialde, sauf que les plumes d'oriflore avaient bel et bien été apportées ici. Les contrôles de douanes n'étaient donc pas si efficaces. Cependant, le rire des deux policiers avait ébranlé sa conviction. S'ils avaient raison, si elle avait rêvé tout cela? Elle secoua la tête.

— Tant pis si vous me croyez folle, Lieutenante. Je sais ce que j'ai vu.

Là-dessus, elle tourna les talons et quitta la salle de surveillance. Si la lieutenante Clairoux tenta de la retenir, la jeune femme n'en vit rien, ni n'entendit le moindre appel: elle était trop occupée à contenir les larmes de colère qui lui montaient aux yeux. *Je leur montrerai, moi!* Leur prouver qu'elle n'avait rien imaginé, oui — mais comment? Elle ne détenait aucune preuve de ce qu'elle avançait. Il y avait bien cet homme qui avait ressenti un malaise cardiaque en s'apercevant que Fédric et elle étaient vivants... Se pouvait-il qu'il fût le kidnappeur? La personne qui les avait enlevés connaissait parfaitement les quais et avait accès sans problème au train spatial. Qui mieux que le pilote ou le navigateur du train remplissait ces conditions?

Arialde se dirigea résolument vers le centre médical.

* * *

Contrairement aux deux jeunes gens qui avaient été soignés dans une chambre comportant deux lits, le navigateur du train se trouvait dans une pièce minuscule mais tranquille, puisqu'il y était le seul patient. Au-dessus de son lit, une impressionnante console médicale étalait ses voyants et ses écrans. Le malade était branché à la machine par des fils qui montaient de sa poitrine jusqu'à la console. Vêtu d'une chemise d'hôpital qui accentuait sa pâleur, le navigateur se tenait cependant assis dans son lit. L'infirmier de garde avait conduit Arialde à la chambre en annonçant que le patient s'appelait Paul Courberon. Petit et rond, à moitié chauve, le navigateur portait bien son nom: jusqu'à son nez bossu qui évoquait des courbes et des ronds. Sur son invitation, Arialde s'assit à son chevet sur une chaise en plastique.

— Je voulais vous remercier pour nous avoir sauvé la vie, à mon frère et à moi... Et m'excuser aussi pour la peur que je vous ai fait.

— Vous n'avez pas à vous excuser, au contraire, je suis pas mal content de vous savoir en bonne santé. Le docteur Scott m'a dit que vous veniez d'Arkadie, mais je n'ai pas compris comment vous avez fait pour vous en tirer en restant si longtemps à une température pareille. D'après Jerry, il devait faire moins vingt degrés quand on a ouvert le conteneur.

— Jerry? répéta Arialde.

— Le pilote, Jerry Valois. En fait, c'est lui qui a insisté pour qu'on rebrousse chemin, sinon, moi, j'aurais continué jusqu'à Arkadie. Il a eu comme une intuition, on dirait.

Arialde nota l'information dans un coin de son esprit. Jerry Valois, pilote. Ou bien Courberon était le kidnappeur, et il avait voulu continuer vers Arkadie pour s'assurer que ses victimes seraient bien mortes, ou bien il était ce qu'il semblait être: un brave homme, ému par cette aventure. Dans ce dernier cas, le pilote du train paraissait plutôt suspect: son insistance à rebrousser chemin n'indiquait-elle pas qu'il savait trouver quelqu'un dans le conteneur? Arialde reporta son attention sur Courberon qui demandait:

— Dites-moi, comment vous avez fait pour rester en vie?

Arialde dut expliquer toute l'histoire, le projet génétique sur Arkadie, les «enfants» fabriqués pour s'adapter à leur environnement, ses frères et sa sœur: Fédric, qui l'accompagnait, Ian et Marline dont elle s'ennuyait... Ce n'est qu'à la fin, après avoir satisfait la curiosité du navigateur, la gorge sèche à force de trop parler, qu'elle put ramener le fil de la conversation dans la direction qui l'intéressait.

— Votre ami, Jerry Valois, je voudrais le remercier, lui aussi. Vous pensez que je pourrais le voir avant de partir?

Courberon écarta les bras en signe d'impuissance.

— Il est déjà reparti, le Jerry. D'après les gars des douanes, dès qu'on vous a eu transportés ici, il a voulu ramener le train à Arkadie. Si vous avez de la chance, vous pourrez l'attraper là-bas, avant qu'il ne reprenne la route.

Arialde tiqua. Il était bien pressé de filer, le dénommé Jerry Valois. Un coupable n'agirait pas autrement. Elle demanda d'un ton neutre:

— Est-ce qu'il n'aurait pas dû attendre de savoir si vous alliez mieux?

Courberon haussa les épaules.

— Les jeunes, ils sont toujours trop pressés.

Puis, il se rendit sans doute compte qu'il

s'adressait à une très jeune femme, car il ajouta :

— De toute façon, je ne pense pas pouvoir retourner sur Arkadie. Après un infarctus, c'est la retraite assurée. Quand le docteur Scott va me donner mon congé, c'est probablement chez moi que je vais retourner, sur Terre.

Dépitée, Arialde ne put qu'acquiescer. La station vidée de ses congressistes, le pilote reparti pour Arkadie — il ne lui restait plus qu'à rentrer chez elle, car sa présence ici ne trouvait plus aucune utilité.

6

La forêt violée

Lorsque leur navette se fut posée sur la piste d'Howell, Arialde et ses compagnons de voyage soupirèrent de soulagement en apercevant, par l'un des hublots, un glisseur en provenance de Bourg-Paradis stationné près des bâtiments du petit astroport. Howell était l'établissement minier situé à proximité de Bourg-Paradis. Arialde et les membres de sa famille n'y mettaient que rarement les pieds. À Howell, habitaient les ouvriers des mines. C'était là aussi que se trouvaient les locaux de la compagnie Howell, qui avait donné son nom à la ville. La Howell était l'une des plus importantes compagnies minières qui exploitait les ressources d'Arkadie. Puisque les gouvernements de la Terre n'avaient pas voulu investir un sou dans le développement d'Arkadie, la Howell possédait à peu près toutes les installations de la planète, des astroports au réseau routier, en passant par les services de police et les centres médicaux.

Arialde, Fédric et Ève Gonnerville présentèrent leur passeport, cette carte «à puce» qui recelait toutes les données de leur identité. Le douanier glissa les cartes dans l'ordinateur et s'assura que les arrivants résidaient bien sur Arkadie, puis il les laissa passer d'un geste de la main.

Dans la salle d'attente du petit bâtiment de l'astroport, deux personnes se levèrent à l'entrée des voyageurs: Ian et Marline. Les enfants s'embrassèrent en riant de plaisir. Grand, large d'épaules, aussi blond qu'Arialde était brune, les yeux verts pétillants de malice, Ian était hydrographe de profession. Il courait toujours aux quatre points cardinaux. Cependant, Arialde ne fut pas surprise de le trouver à les attendre, elle devinait qu'il s'était autant ennuyé d'elle et de Fédric qu'elle-même s'était ennuyée de son frère et de sa sœur. Marline taquina Fédric, qui échappa à ses caresses comme si la présence de membres de sa famille le laissait indifférent. Marline était également blonde, mais ses cheveux se teintaient de roux, ses yeux se pailletaient d'or, son nez et ses joues se picotaient de taches de rousseur. Même si elle n'avait qu'un an de plus que Fédric, à treize ans elle avait déjà l'allure d'une femme. Peut-être parce qu'elle était plutôt rondouillette, sa silhouette prenait déjà les courbes et les galbes de l'âge adulte.

— Où est Wassi? s'inquiéta Arialde.

Elle n'avait pas oublié l'air soucieux du professeur Kradine, lorsqu'elle lui avait parlé deux jours plus tôt.

— Il ne pouvait pas venir, répondit Ian, à cause de la réunion.

— La réunion? répéta Ève Gonnerville.

Ian les entraîna vers l'extérieur, où le glisseur était stationné sur une piste. Marline prit les devants pour aller ouvrir le flanc de l'appareil. En cheminant vers l'engin, Ian expliqua :

— Il s'est passé pas mal de choses, durant votre absence. Nous avons un problème de braconnage dans la réserve.

Ève et Arialde échangèrent un regard consterné. La réserve constituait un vaste territoire, autour de Bourg-Paradis, où les compagnies minières n'avaient aucun droit de prospecter. C'était un territoire protégé pour la conservation ainsi que l'étude de la faune et de la flore arkadiennes. Seuls les savants qui habitaient Bourg-Paradis avaient le droit de circuler dans la réserve et d'y prélever des spécimens, animaux ou végétaux. Quant à la chasse, c'était un sport qui n'existait évidemment pas sur Arkadie.

Du braconnage, cela signifiait que des gens s'étaient introduits dans la réserve pour tuer des animaux. À l'évidence, c'était le résultat de ce braconnage qu'Arialde avait aperçu dans Agora : les plumes d'oriflores que portaient Flora Syrelle et son compagnon provenaient selon toute vraisemblance de la réserve même.

— Nous pensions vous l'annoncer, s'exclama Fédric, mais on dirait que la nouvelle a de la barbe! Nous avons eu des problèmes du même genre, à Agora.

Aussitôt Ian réclama des détails. Tandis qu'Arialde et ses compagnons montaient à bord du glisseur, la jeune femme entreprit de narrer à son frère et à sa sœur les mésaventures qu'elle avait vécues, avec Fédric: la découverte des plumes d'oriflores durant la réception, sa tentative pour découvrir d'où elles provenaient, le kidnapping et, surtout, l'inaction de la lieutenante Clairoux.

— On a été accueilli par la même indifférence, nota Marline en mettant les moteurs en marche. Le professeur Dupré a eu plein de discussions avec la mairesse qui l'a aimablement envoyé promener.

Le professeur Jen Dupré était le responsable du centre de recherches de Bourg-Paradis. La mairesse de Bourg-Paradis, quant à elle, représentait l'autorité au village, c'est-à-dire les compagnies minières. Même si elle portait le titre de «mairesse», elle n'avait pas été élue mais nommée à son poste par les dirigeants de la compagnie Howell. En principe, la mairesse devait assurer la liaison entre les savants de Bourg-Paradis et l'autorité suprême, soit le coordonnateur industriel d'Arkadie. En réalité, elle était le plus souvent enterrée sous la paperasse administrative. Arialde se doutait bien que, à la mairie, on n'avait pas apprécié que survint un nouveau problème dans la réserve.

— Si tu nous donnais plus de détails, suggéra Ève Gonnerville. Comment avez-vous découvert le braconnage?

Ian raconta. Avec un compagnon de travail, les premiers, ils avaient découvert les traces des braconniers. En tant qu'hydrographe, Ian parcourait souvent les rivières de la réserve. L'un des cours d'eau qu'il patrouillait fréquemment était la Jadière, qui coulait du nord vers le sud, un peu à l'est de Bourg-Paradis. Cette rivière au cours lent était bordée d'arbres et de buissons qui poussaient jusque dans ses flots. Ian et son compagnon avaient remarqué que des plantes avaient été arrachées, au bord de l'eau. Les deux jeunes gens avaient donc accosté pour aller voir de plus près. Ils avaient trouvé une clairière défrichée près de la rivière, les traces d'un feu de bois. Et, surtout, une carcasse d'animal.

Depuis, les gens de Bourg-Paradis avaient effectué de nombreuses sorties en forêt. Ils avaient trouvé des filets, tendus entre les arbres pour capturer des oiseaux. Et des collets, posés dans les buissons pour attraper les petits animaux. Arkadie ne comportait aucun gros gibier, seulement des oiseaux et de petits rongeurs, comme les fourreuils et les lourats. Les fourreuils ressemblaient aux écureuils terriens, mais leurs membres étaient plus longs et leur queue pouvait s'enrouler autour d'une branche pour assurer une meilleure prise, surtout quand ils dormaient, un peu à l'image des paresseux de la Terre. Les lourats faisaient plutôt penser à la belette, hauts sur pattes.

Leur long museau leur donnait l'allure d'un carnassier. Tant le fourreuil que le lourat possédaient un pelage qui pouvait attirer les chasseurs de peaux...

Arialde passa une main devant ses yeux fatigués. L'entrée en atmosphère, à bord de la navette, n'avait pas été des plus reposantes. Mais, être accueillie en entrant chez soi par l'annonce de nouveaux ennuis... La chasse était considérée comme un sport, sur Terre. Cependant Arialde avait grandi au milieu de gens qui parcouraient la forêt en s'efforçant de n'y rien déranger et de la respecter. Pour les savants de Bourg-Paradis, la réserve constituait un lieu d'observation de la vie, et non un endroit où l'on s'amusait à détruire des êtres vivants. Ce n'était guère facile d'être indulgent envers les chasseurs.

— Tout de même, soupira Ève Gonnerville, nous avons la loi de notre côté. La mairie ne peut refuser de faire appel aux services de Sécurité d'Arkadie. Après tout, la loi protège les espèces arkadiennes, c'est interdit de capturer des spécimens pour des buts autres que l'étude.

— Il y a pourtant des gens qui chassent chez nous, répondit Marline. Et la Sécurité nous dit que c'est impossible de couvrir tout le territoire.

— C'est pour ça que nous tenons une réunion, cet après-midi, ajouta Ian tandis que sa sœur amorçait la descente vers le village.

Les savants de Bourg-Paradis tentaient d'or-

ganiser eux-mêmes la protection de leur territoire, en patrouillant la nuit.

Arialde avait écouté sans dire un mot. Elle
aurait du nouveau pour les gens réunis au
village: elle savait ce qu'il advenait du gibier
tué ou capturé dans la forêt. Les braconniers
vendaient leurs prises pour en faire des ornements qui se portaient au même titre que des
bijoux de métal.

* * *

— Tu sais bien que j'aurais préféré y aller
seule!

Arialde contemplait son jeune frère avec
mauvaise humeur. Au-dessous d'eux, défilait à
nouveau la forêt, la réserve: ils retournaient à
Howell. Cela faisait deux jours qu'ils étaient de
retour sur Arkadie. Arialde n'avait eu de cesse
de trouver une occasion pour se rendre à Howell. Fédric l'avait deviné. Une fois par mois,
un habitant de Bourg-Paradis recevait pour
mission de se rendre à l'astroport chercher le
matériel de laboratoire qui arrivait de la Terre.
Lorsqu'Arialde s'était proposée, ce matin, pour
effectuer la commission, Fédric s'était em-
pressé de s'écrier: «Je vais avec toi!» Arialde
n'avait pu trouver de raison valable pour refuser la compagnie de son frère.

Et maintenant, tandis qu'elle s'apprêtait à
atterrir à l'astroport d'Howell, sur une piste à

l'écart, Fédric se tourna vers elle, avec un air moqueur.

— Tu voulais venir seule en ville parce que tu vas voir ton inspecteur Corsan.

— Ce n'est pas *mon* inspecteur Corsan, figure-toi.

Fédric se contenta de ricaner. Par chance, l'atterrissage demandait à Arialde toute son attention, elle put donc ignorer son frère jusqu'à ce que les moteurs de l'appareil fussent coupés. Alors que Fédric s'empressait de déboucler sa ceinture et de quitter son siège, Arialde l'arrêta.

— Tu n'as pas l'intention de me suivre partout?

— Pourquoi, tu vas voir ton amoureux?

Arialde lui adressa un regard furieux. Était-il nécessaire de lui rappeler ses erreurs passées? Au fond, il n'avait pas été si surprenant qu'Arialde tombât amoureuse de Michel Corsan: l'inspecteur de la Sécurité était un homme séduisant; il avait posé sur Arialde un regard gris et doux comme une caresse — du moins, à l'époque, Arialde avait été persuadée qu'il éprouvait de l'affection pour elle. Et puis, entre sa famille et les confrères savants de Bourg-Paradis, Arialde n'avait pas eu beaucoup d'occasions de rencontrer des hommes assez jeunes pour l'intéresser. Le seul autre habitant d'Howell qu'elle eût connu était un jeune chauffeur de camion qui lui avait sauvé la vie. Arialde s'était mêlée d'une enquête policière et, en suivant un suspect, elle était tombée aux mains de personnes qui l'avaient malmenée. Le jeune chauffeur de camion était intervenu pour la délivrer. Il s'appelait Jérémie — Arialde s'en souvenait — mais elle n'avait jamais su son nom de famille. Son visage se dessinait avec précision dans l'esprit de la jeune femme : son nez un peu long, son menton carré, son regard bleu et direct. Il avait les cheveux bruns, d'une teinte plus foncée que ceux d'Arialde, mais les mèches du dessus étaient pâlies par le soleil. Arialde l'avait trouvé bien sympathique mais, à l'époque, elle n'avait d'yeux que pour Michel Corsan. Le jeune chauffeur de camion était sorti de sa vie sans qu'elle tentât de le retenir.

Arialde dut cesser de rêver pour aider Fédric à ouvrir la porte du hangar. Les habitants de Bourg-Paradis y laissaient les véhicules qui servaient à leurs déplacements quand ils venaient à Howell. Arialde choisit un tout-terrain, véhicule léger et facile à manier.

Bientôt, Arialde roulait à travers les rues d'Howell. En stationnant devant l'édifice de la Sécurité, la jeune femme se tourna vers son frère et lui intima, d'un ton menaçant :

— Tu me laisses parler à l'inspecteur Corsan, c'est compris ?

Fédric acquiesça de bon gré, trop heureux d'avoir pu accompagner sa sœur pour chicaner sur les détails.

La réception de la Sécurité était informatisée. Arialde dut décliner son identité, celle de son escorte, avant de demander Michel Corsan. Lorsqu'elle eut ajouté qu'elle n'avait pas rendez-vous, il s'écoula un certain délai de réponse. La jeune femme commença à douter qu'elle parviendrait jusqu'au policier. Cependant une carte de laissez-passer s'éjecta de la console et la porte vitrée coulissa. Les deux jeunes gens franchirent le seuil de l'édifice: Arialde s'avança avec appréhension; Fédric, quant à lui, se gonflait d'importance.

Bien que la pièce d'à côté fût remplie de bruits (cliquetis d'imprimante, cacophonie de voix qui s'interpellaient, claquements de pas sur le plancher), un profond silence régnait dans le bureau de l'inspecteur Corsan. Arialde et Fédric prirent place sur des chaises, en face du policier. Fédric semblait moins sûr de lui, tout à coup. Arialde croisa les mains sur ses genoux, puis elle leva les yeux pour dévisager, à son tour, l'inspecteur Corsan. Tiens, la dernière fois qu'elle l'avait vu, elle n'avait pas remarqué le grisonnement des tempes, ni la petite ride qui marquait le coin de ses yeux gris. Des yeux qui jetaient sur la jeune femme un regard sans indulgence.

— Vous savez pourquoi nous sommes ici, constata Arialde.

Michel Corsan se renversa dans son fauteuil.

— Oui, j'ai été appelé à me rendre sur la réserve. Je vous assure que nos services mènent cette enquête très sérieusement, Arialde.

D'un signe du menton, la jeune femme désigna son frère.

— Fédric et moi avons peut-être du nouveau pour vous, Inspecteur.

Brièvement, faisant signe à Fédric de se taire pour ne pas allonger son récit, Arialde narra à l'inspecteur leurs mésaventures à Agora. À la mention de l'enlèvement et de la séquestration dans le conteneur gelé, Michel Corsan parut touché. Le manque de zèle de la lieutenante Clairoux ne sembla pas le choquer outre mesure. Il écouta tous les détails avec un air patient, tout en prenant des notes au clavier de son terminal.

Lorsqu'Arialde se tut, il hocha la tête.

— Je suis heureux de savoir que vous vous en êtes tirés tous les deux sans trop de dommages.

Son regard se fit plus sévère en direction d'Arialde.

— Vous savez pourtant le danger que ça représente, lorsque vous vous mêlez de ce qui ne vous regarde pas!

Arialde ne put réprimer un claquement de langue impatient.

— C'est tout ce que vous trouvez à me dire? Je vous apprends que le braconnage donne lieu à un trafic de dépouilles animales et vous me répondez que j'ai été imprudente!

Fédric esquissa un sourire en coin, mais il n'ajouta rien. L'inspecteur se redressa dans son fauteuil, et son air sévère s'accentua.

— Arialde, vous ne m'apprenez rien du tout. Lorsque vos confrères de Bourg-Paradis ont découvert ce braconnage, nous connaissions déjà l'existence de ce réseau de trafiquants. Cela fait des mois que moi et mes hommes sommes sur cette affaire. Pour tout vous dire, nous soupçonnons que ce réseau est composé des mêmes personnes qui pratiquaient le trafic de pierres précieuses, l'an dernier.

Ce trafic de pierres précieuses, Arialde n'en avait oublié aucun détail. C'était en se mêlant de l'enquête à ce propos qu'elle avait été sauvée par Jérémie, le chauffeur de camion.

— Mais, s'indigna la jeune femme, si vous connaissez les membres de ce réseau, pourquoi ne pas les arrêter? Nous avons encore trouvé des collets, la nuit passée...

Les savants-patrouilleurs n'étaient pas rentrés bredouilles, la nuit précédente: s'ils n'avaient pu apercevoir les contrevenants, ils avaient par contre détruit des collets et décroché des filets, empêchant les braconniers d'attraper leur gibier.

— Arialde, soupira l'inspecteur, à quoi ça servirait d'arrêter les ouvriers qui se trouvent aux échelons inférieurs du réseau de trafiquants? Ce que nous voulons, c'est remonter la filière et prendre les vrais coupables, les chefs.

Fédric jeta un coup d'œil rapide à sa sœur, pour s'assurer qu'il n'encourrait pas ses foudres, puis il protesta:

— Et pour ça, vous allez laisser les braconniers continuer à massacrer les animaux de la forêt?

— C'est un mal nécessaire.

Arialde ne pouvait reprocher sa réplique à

son frère mais, pour sa part, elle ne trouvait rien à répondre. Michel Corsan avait raison, bien entendu, comme toujours. Chaque fois qu'elle avait été confrontée au policier, la jeune femme en avait éprouvé une agaçante impression d'impuissance.

— En tout cas, reprit la jeune femme, il y a quelqu'un dont vous pourriez vous occuper. C'est le pilote du train spatial où nous avons été enfermés, Fédric et moi. Je trouve qu'il était pas mal pressé de partir, après qu'on nous ait trouvés congelés. Je pense qu'il pourrait faire partie du réseau de trafiquants, c'est sûrement lui qui permet à la marchandise de quitter Arkadie.

Michel Corsan acquiesça, une main suspendue au-dessus du clavier, en attente du renseignement.

— Valois, fit la jeune femme, il s'appelle Jerry Valois.

L'inspecteur commença machinalement à taper le nom, puis il s'interrompit, avant de laisser retomber sa main à côté du clavier.

— C'est tout?

— Comment, c'est tout? s'indigna Arialde. Vous pourriez au moins vérifier si ce Valois n'a pas un casier judiciaire.

L'inspecteur eut un mouvement agacé.

— Nous le connaissons, c'est l'un des maillons de la chaîne que nous avons déjà identifié.

Fédric acquiesça avec empressement.

— C'est la personne au-dessus de lui qui vous intéresse, c'est ça?

En guise de réponse, l'inspecteur pianota sur les touches du communicateur. Intrigués, Arialde et Fédric observèrent ses gestes sans comprendre, jusqu'à ce que Corsan se penchât vers l'écran de l'appareil, sourcils froncés, pour s'adresser à son interlocuteur.

— Professeur Dupré? J'ai dans mon bureau deux membres de votre petite communauté dont la présence va sûrement vous étonner.

Fédric sursauta. Quant à Arialde, elle demeura sans réagir, écoutant la voix de Jen Dupré, son supérieur hiérarchique, qui répondait:

— Qui ça, Inspecteur?

— J'ai devant moi Arialde Henke et son frère Fédric. Je vous les renvoie, mais j'aimerais bien qu'à l'avenir vous ne laissiez pas de jeunes têtes folles venir me déranger dans mon travail. Sinon, je devrai m'en plaindre à mes patrons, qui sont aussi les vôtres.

Atterrés, Arialde et Fédric écoutèrent le professeur Jen Dupré se confondre en excuses et les maudire tous deux. Lorsqu'il eut coupé la conversation, Michel Corsan tourna les yeux vers Arialde qui affronta son regard sans ciller.

— J'espère que j'ai été clair, Arialde? Vous êtes majeure et libre de vos actes, mais Fédric est sous la responsabilité du professeur Kradine. Si je déposais une plainte auprès du bureau du coordonnateur industriel, c'est Wassili Kradine qui écoperait du blâme.

Arialde demeura muette: sa colère était si

intense qu'elle lui nouait la gorge. Fédric en bredouilla :

— Vous n'oseriez pas causer des ennuis à l'oncle Wassi, Inspecteur?

Michel Corsan se pencha vers l'adolescent :

— Écoute-moi bien, petit : je n'hésiterai pas une minute à le faire renvoyer sur Terre, si tu te mêles encore de cette enquête.

Il se tourna vers la jeune femme :

— Quant à vous...

Arialde l'interrompit : elle avait suffisamment recouvré son calme pour répliquer sans que sa voix ne tremblât.

— Ne vous inquiétez pas pour moi, Inspecteur.

Elle se leva d'un mouvement lent et ajouta, d'un ton qu'elle souhaitait méprisant :

— Je voulais vous aider, mais si c'est comme ça que vous accueillez ma bonne volonté, je n'ai pas l'intention de me trouver une autre fois sur votre chemin. Tu viens, Fédric?

Ils quittèrent le bureau en silence, marchant dans les couloirs du même pas, contenant la colère qui les animait tous deux. Parvenu au tout-terrain, Fédric laissa échapper :

— Le cave, le fendant, le chien sale!

Arialde sentit une brusque envie de pleurer, qu'elle dissimula sous un rire, tout en se taxant d'imbécile pour être demeurée aussi sensible aux remarques de l'inspecteur. Lorsqu'ils s'installèrent dans le véhicule, Fédric protesta :

— Tu vas pas l'écouter, Aria? Je suis pas un bébé, j'ai pas envie de retourner dans mon trou sans rien dire!

La jeune femme fit démarrer le tout-terrain, qui décrivit un demi-tour.

— T'en as peut-être pas envie, Fédric, mais l'inspecteur avait raison sur au moins un point: t'es mineur, c'est l'oncle Wassi qui va avoir tous les problèmes si tu continues avec moi.

L'adolescent croisa les bras dans un geste boudeur, mais il ne pouvait nier l'évidence. Les deux jeunes gens gagnèrent donc l'astroport où une surprise les attendait: un second glisseur était posé sur la piste, près du leur, et le responsable du centre de recherches, Jen Dupré en personne, se tenait sur le tarmacadam, guettant l'arrivée de leur véhicule. Dès qu'elle reconnut son patron, Arialde stoppa le tout-terrain, à bonne distance du professeur. Jen Dupré les vit aussi, et il s'empressa de s'approcher des jeunes gens.

— Vite, ordonna Arialde, descends, Fédric.

— Mais, qu'est-ce que tu veux faire?

— Descends!

L'adolescent obéit, médusé. Alors, dans un crissement de pneus, Arialde fit à nouveau demi-tour et, malgré les cris de protestation de Jen Dupré, elle quitta la piste et regagna la ville à toute allure. Pour rien au monde, elle n'aurait voulu causer des ennuis à l'oncle Wassi. Mais elle était majeure et, ainsi que l'avait souligné l'inspecteur Corsan, responsable de ses actes. En tout cas, elle savait exactement ce qu'il lui restait à faire.

7

Un revenant

Arialde avait roulé au hasard dans les rues d'Howell, d'abord pour s'assurer que Jen Dupré n'avait pas eu le réflexe de prendre le second véhicule dans le hangar du centre de recherches, et qu'il n'avait pas tenté de la suivre. Puis, lorsqu'elle fut certaine que personne ne la filait, elle ralentit l'allure pour réfléchir, avant de revenir sur ses pas jusqu'à l'astroport. Un coup d'œil vers les pistes lui indiqua que Jen Dupré était parti, emmenant sans doute Fédric avec lui. Pauvre Fédric! Il détestait être traité en enfant mais, en l'occurrence, sa sœur n'avait pas eu le choix: Fédric gênait sa liberté de mouvements.

Arialde arrêta le tout-terrain devant le service du fret, un long bâtiment au toit plat, doté de nombreuses portes immenses, devant lequel les navettes déchargeaient les marchandises en provenance de la Terre, ou embarquaient les minerais à destination de la planète-mère. Pour le moment, aucun engin spatial ne s'apprêtait à décoller, alors que plusieurs véhicules d'usage terrestre stationnaient devant la bâtisse: petites voitures électriques, camionnettes bariolées, tout-terrains comme celui d'Arialde. La jeune femme se dirigea vers l'aile de l'administration, devant laquelle une pancarte annonçait: «Service de répartition». Là, elle avait de bonnes chances d'apprendre où trouver Jerry Valois. Si l'inspecteur Corsan se désintéressait du pilote, ce n'était pas le cas d'Arialde. Connu ou non des policiers, Jerry Valois aurait à répondre à quelques questions.

La porte du bureau de répartition s'écarta devant la jeune femme. Personne ne se trouvait à l'intérieur de la pièce. Cependant, par une baie vitrée qui séparait le bureau d'un hangar, Arialde aperçut des ouvriers en bleu de travail qui s'affairaient autour d'une grue. Deux silhouettes se détachèrent bientôt du groupe: un ouvrier âgé et un jeune homme. Arialde demeura figée, à les regarder venir vers elle.

Arialde n'avait jamais vu l'ouvrier, un gros homme qui avançait en boitant. Par contre, son compagnon, le jeune homme... Vêtu d'un pantalon en denim synthétique, d'un t-shirt à insertion d'hologrammes, sous une veste de cuir élimé, il n'avait pas changé: c'était Jérémie. Celui qui, alors qu'il exerçait le métier de chauffeur de camion, avait sauvé la vie d'Arialde. Que faisait-il au bureau de la répartition?

La porte du hangar coulissa et les deux hommes pénétrèrent dans le bureau. Jérémie s'arrêta en voyant Arialde. Il se tourna vers le gros homme qui l'accompagnait et lui glissa rapidement quelques mots à l'oreille. L'homme acquiesça, avant de repartir par où il était venu, non sans jeter vers Arialde un coup d'œil empreint de curiosité. Arialde se traita d'imbécile : elle venait seulement de comprendre. Jérémie, Jerry. Jérémie et Jerry Valois n'étaient qu'une seule et même personne.

Arialde revenait peu à peu de sa surprise, mais elle demeura immobile, le laissant avancer vers elle. Pour sa part, Jérémie ne semblait pas étonné de la voir : bien sûr, il l'avait reconnue, lorsqu'il l'avait trouvée dans le conteneur, inconsciente. Il s'arrêta devant elle, la dévisagea de son regard bleu presque transparent. Il ne s'était pas rasé, ce matin, une barbe naissante lui mangeait les joues, accentuant le dessin carré de sa mâchoire qui donnait de la dureté à ses traits.

— Bonjour, Arialde.

Elle aurait voulu ne pas le dévorer des yeux, mais elle cherchait malgré elle à retrouver l'aimable chauffeur de camion qui l'avait sauvée une première fois, un an auparavant.

— Eh bien, Jérémie, on dirait que c'est ta spécialité de venir à mon secours.

Il fit un pas encore, se trouva tout près d'elle, la dominant d'une tête. Il leva une main brunie par le soleil, enserra le bras d'Arialde.

— Viens, ne restons pas là.

Dehors, Arialde cligna des yeux dans le soleil, elle se rendit compte que Jérémie l'entraînait vers un véhicule, une camionnette aux flancs couverts de boue. La jeune femme résista, forçant son compagnon à s'arrêter au milieu du stationnement.

— Attends, Jérémie, je veux savoir: la première fois que tu m'as sauvé la vie, l'an dernier, tu faisais déjà partie du réseau de trafiquants?

Il laissa retomber son bras et demeura planté devant la jeune femme, embarrassé.

— Je t'assure, je n'ai rien à voir dans votre enlèvement.

Arialde tressaillit. Il venait de confirmer l'évidence: il était bien Jerry Valois, le pilote qui avait obligé le train à faire demi-tour. Alors, quand le train spatial avait quitté Agora, Jérémie savait qu'Arialde et son frère se trouvaient dans le conteneur? Jérémie secoua la tête.

— Ils m'avaient seulement dit qu'il y avait de la marchandise spéciale dans un conteneur vide, je ne savais pas que c'était toi et ton frère, je te jure. Quand je me suis aperçu que quelque chose n'allait pas, je suis revenu vers Agora, tout de suite.

«Ils m'avaient dit...» Avec amertume, Arialde constata qu'elle ne s'était pas trompée, lorsqu'elle avait suspecté le pilote du train spatial d'être impliqué dans le trafic de dépouilles animales. Si seulement elle avait pu prévoir que ce pilote était Jérémie! Elle demanda d'un ton dur:

— Qui ça, «ils»? Qui nous a enlevés, Jérémie?

Il regarda autour de lui d'un bref coup d'œil inquiet, puis à nouveau il prit le bras d'Arialde. Cette fois, il ne chercha pas à l'entraîner, il se pencha plutôt vers elle.

— Écoute, j'ai assez de problèmes comme ça...

Arialde émit un ricanement incrédule. Des problèmes! Il se plaignait d'avoir des problèmes! Rien qu'il n'ait mérité, elle en était certaine.

— J'avais déjà la police sur le dos, reprit le jeune homme, mais maintenant, j'ai aussi les autres, qui veulent savoir *pourquoi* le train a fait demi-tour. Alors, tu viens avec moi ou tu attends que je me fasse repérer?

Il ne plaisantait pas, elle lisait de la peur au fond de son regard pâle. Elle se tourna vers la camionnette et attendit, docilement, qu'il déverrouillât les portières. Il s'empressa de démarrer et de s'éloigner de l'astroport, conduisant son véhicule hors de la ville pour s'arrêter au bord de la route. Une poussière brunâtre couvrait les feuilles des arbustes jaunes qui poussaient au long du chemin troué d'ornières. La route se faisait bossue, labourée par les gigantesques roues des camions. Lorsque le jeune homme coupa le moteur de la camionnette, un étrange silence tomba sur la route, troublé du seul crissement des insectes.

Les mains toujours crispées au volant, Jérémie tourna la tête vers sa passagère. Il soupira :

— Arialde...

Elle sut alors qu'elle n'arriverait jamais à lui en vouloir, même s'il s'avérait n'être qu'un voyou. Il aurait pu laisser le train spatial continuer son chemin jusqu'à Arkadie — et qui pouvait savoir si Fédric et Arialde auraient été encore vivants à l'arrivée? Au lieu de ça, Jérémie avait interrompu le voyage, au risque d'être inquiété à la fois par la police et par les trafiquants. Peut-être le jeune homme était-il même dépassé par les événements? Arialde tourna les yeux vers lui et demanda doucement :

— Pourquoi, Jérémie?

— J'en sais rien. Je suppose que je suis comme tout le monde, je veux ramasser le maximum d'argent avant de retourner chez moi.

Arialde acquiesça, mais elle garda le silence, devinant qu'il n'avait pas livré toute sa réponse. Le jeune homme hésita, puis il reprit :

— Je ne viens pas de la Terre, tu sais. J'y suis né, mais j'ai grandi à Antarctis. Tu connais? C'est sur Titan. Il y a une atmosphère, mais elle est trop mince, alors il faut vivre toujours en dedans. Chacun a droit à son petit espace vital, sa petite cellule...

Il passa la tête par la fenêtre abaissée de sa portière, tourna son visage vers le ciel d'Arkadie, presque blanc dans la lumière du soleil.

— Toi, t'es née ici, tu ne peux pas comprendre...

Il rentra la tête à l'intérieur, soupira à nouveau.

— J'ai pas envie de retourner à Antarctis. Je veux une vraie vie, en plein air. Je veux aller vivre sur Terre.

Au contraire de ce qu'il croyait, Arialde pouvait comprendre : elle s'était sentie assez écrasée par l'air confiné d'Agora pour deviner qu'il lui serait insupportable de vivre longtemps dans une atmosphère artificielle. Elle savait aussi combien sur Terre la vie était difficile, le chômage avait généralisé la pauvreté, même dans les pays autrefois les plus riches. Gagner de l'argent, vite, beaucoup d'argent : n'était-ce pas la motivation de la plupart des travailleurs qui acceptaient un contrat dans les mines d'Arkadie ?

— Qu'est-ce que tu vas faire, Jérémie ?

Il ne répondit pas tout de suite, la dévisageant avec gravité. Arialde subit l'examen sans broncher. Il pouvait bien faire partie du réseau de trafiquants, elle ne le craignait pas : jamais il ne lui ferait de mal, elle en était persuadée. Peut-être même parviendrait-elle à le convaincre de quitter ses complices, de travailler avec elle pour démanteler le réseau ? Voilà pourquoi elle lui avait demandé quelles étaient ses intentions.

À nouveau, le jeune homme soupira :

— Ça dépend de ce que toi tu penses faire.

— Je vais combattre les braconniers, Jérémie, je vais obliger les autorités à faire cesser ce trafic.

Elle souhaitait le sous-entendu suffisamment clair: *Es-tu de mon côté ou contre moi?* Mais Jérémie ne semblait avoir aucune envie de prendre position, du moins pour le moment.

— Je ne peux pas t'aider, Arialde.

Elle se rapprocha de lui, posa une main sur l'une des siennes, qu'il avait laissées sur le volant.

— Tu connais une partie du réseau, Jérémie, tu sais où aboutit la marchandise que tu emportes d'Arkadie et, surtout, qui l'apporte pour la mettre dans les conteneurs du train. Tu peux faire arrêter ce trafic!

Le jeune homme dégagea sa main.

— J'ai déjà «donné» tous ceux que je connaissais à la police, je ne peux pas faire plus. Est-ce que tu ne veux pas laisser les professionnels s'occuper de cette affaire?

— Les professionnels!

Arialde avait mis tout le mépris qu'elle pouvait dans sa voix. Jérémie esquissa un sourire amer.

— Oui, les professionnels. Il ne reste pas six mois à mon contrat, Arialde, je n'ai pas envie de me faire tuer parce qu'une petite tête de mule s'est mêlée de mes affaires.

Arialde croisa les bras sur sa poitrine, tant par défi que pour contenir les battements désordonnés de son cœur. Non, elle ne souhaitait pas traiter Jérémie en ennemi, mais s'il l'y obligeait...

— Comment comptes-tu m'empêcher de me mêler de tes affaires, Jerry?

— Je vais appeler la police. Ils m'ont promis que je n'aurais pas d'ennuis si je collaborais avec eux, alors ils ne vont pas te laisser venir jouer dans leurs plates-bandes.

Arialde ne put s'empêcher de tressaillir. Jérémie ne pouvait pas savoir qu'il visait juste en la menaçant de faire intervenir la Sécurité. Michel Corsan n'apprécierait pas, mais pas du tout, d'apprendre qu'Arialde ne tenait aucun compte de ses avertissements. La jeune femme baissa la tête.

— Ce ne sera pas nécessaire de faire appel à la police, Jérémie. Je ne te causerai pas d'ennuis, pas à toi.

Par contre, elle ne promettait pas d'épargner les braconniers... La police pouvait laisser massacrer les animaux sous prétexte de remonter le réseau jusqu'aux chefs, les gens de Bourg-Paradis n'hésiteraient pas, eux, à attaquer le problème à la source, dans la forêt.

Jérémie eut un haussement d'épaules résigné, avant de mettre en marche le moteur de la camionnette. Tandis qu'ils roulaient vers l'astroport, Arialde demanda d'un ton anodin:

— Tu repars bientôt?

— Pas avant six jours, le temps de charger les conteneurs. Pourquoi?

Il fallait bien lui donner une raison, elle n'allait tout de même pas lui dire qu'il venait de lui livrer une information capitale: les braconniers ne disposaient que de cinq nuits avant le départ du train. Ils tenteraient sûrement de se réapprovisionner en «marchandises» durant ce délai. Ce qui laissait un peu de temps aux gens de Bourg-Paradis pour les prendre en flagrant délit... Jérémie attendait toujours une réponse, Arialde répliqua par une nouvelle question.

— Est-ce que je peux espérer te faire changer d'avis?

— Non.

Ils se turent. Jérémie conduisait en fronçant les sourcils, mais ce n'était pas la route qui le préoccupait. Arialde l'observait du coin de l'œil. Comme elle aurait préféré qu'il reparte dès ce soir! Hélas, il lui fallait désormais compter Jérémie Valois parmi ses adversaires.

8

Au secours de la Cause

Étendue dans son lit, enfouie sous les couvertures, Arialde entendait les bruits de la maison sans écouter vraiment. De la cuisine, lui parvenaient des tintements de vaisselle entrechoquée: c'était l'heure du dîner. Pourtant la jeune femme restait au lit. Elle n'avait pas dormi, la nuit dernière, car elle avait fait partie de la «patrouille».

Lorsqu'Arialde était rentrée d'Howell, apportant la nouvelle de l'imminent départ du train spatial, les habitants de Bourg-Paradis étaient déjà bien organisés. Ils avaient décidé de ne plus décrocher les filets qu'ils trouvaient, ni d'arracher les collets. Au lieu de détruire, ils avaient choisi de placer une caméra dotée d'une lentille à infrarouge, dans la forêt, sur les lieux où les braconniers avaient tendu leurs pièges. Les savants de Bourg-Paradis étaient pourvus d'équipement vidéo, puisqu'ils filmaient souvent en forêt pour les besoins de leurs recherches. La caméra qu'ils utilisaient était une «bimax», une caméra de type conventionnel qui enregistrait en deux dimensions sur disque laser. Les savants de Bourg-Paradis, même s'ils étaient équipés du meilleur matériel, n'avaient pas les moyens d'utiliser une vidéotri, comme les gens de la télaz.

Arialde soupira et repoussa les couvertures. Malgré sa nuit blanche, elle n'arrivait pas à se rendormir, depuis qu'elle s'était réveillée, tout à l'heure. Elle avait tant de choses en tête... Elle se rappelait les circonstances de l'enlèvement dont elle et son frère avaient été victimes. Elle revoyait aussi les six écrans de surveillance, au poste de Sécurité d'Agora. À l'évidence, il existait un moyen très simple de déjouer l'ordinateur : Fédric et Arialde avaient été drogués; il avait donc suffi de les transporter à bord du train enfermés dans des caisses. L'ordinateur ne se serait pas étonné d'observer le chargement de marchandises dans un conteneur. Seul détail qui clochait dans la théorie d'Arialde : ni l'agent de Sécurité qui surveillait les écrans, ni l'ordinateur, n'avait trouvé étrange de voir des caisses mises à bord d'un train qui, en principe, *apportait* des marchandises à Arkadie...

Et puis, l'attitude de la lieutenante Clairoux n'était pas des plus logiques. Les services de Sécurité d'Arkadie et d'Agora avaient toujours collaboré. Il était donc certain que la lieutenante Clairoux connaissait l'existence du réseau de trafiquants de dépouilles animales. Alors, pourquoi s'était-elle moquée d'Arialde à propos des plumes d'oriflores? Parce que, ainsi que Michel Corsan, elle ne souhaitait pas voir une amateure jouer dans ses plates-bandes?

Excédée de ne pas pouvoir chasser ses pensées, Arialde s'assit au bord de son lit pour glisser les pieds dans ses pantoufles. Il lui semblait que le bruit de voix, dans la cuisine, s'était amplifié. Peut-être cherchait-elle seulement une raison pour se lever... Elle passa devant la glace, brossa ses cheveux.

— Tu n'as pas assez dormi, Arialde, remarqua une voix qui sortait du mur.

C'était Nounou, l'ordinateur domestique chargé de veiller sur la maison et ses habitants.

— Je dormirai plus tard, répondit Arialde.

— Fédric voulait venir te réveiller, je ne l'ai pas laissé entrer.

Fédric? Qu'est-ce qu'il pouvait bien lui vouloir?

Arialde trouva son frère dans la cuisine, accoudé au comptoir en compagnie de l'oncle Wassi. Tous deux semblaient sortir d'une dispute, car Fédric avait la mine boudeuse alors que le crâne d'oncle Wassi, qui se dégarnissait sur le dessus, avait pris une teinte rose.

— Qu'est-ce qui se passe, ici? s'enquit Arialde.

— Tu vois, répliqua Wassi à l'adresse de Fédric, avec tes histoires, tu l'as réveillée!

Fédric parut vexé:

— Je suis sûr que c'est une bonne idée, Aria va même la trouver géniale.

La jeune femme contempla les deux inter-locuteurs, réprimant un sourire.

— Qu'est-ce que je vais trouver génial?

Fédric se tourna aussitôt vers elle, dans un mouvement passionné :

— La télaz, Aria! Tu savais qu'Élodie-Martine et son équipe se trouvent à Howell en ce moment?

Elle se souvenait avoir entendu dire que l'équipe de «Nomade», l'émission de la célèbre journaliste, effectuait une série de reportages dans les colonies. C'était également logique de croire qu'après Agora, la destination la plus évidente serait Arkadie, qui se trouvait à proximité de la station. Mais Arialde ne voyait pas ce qu'il y avait de génial dans la présence d'une équipe télaz.

— Voyons! reprit Fédric, face à ce silence dubitatif. On se demandait quoi faire avec les images montrant les braconniers...

— Ce sont des preuves destinées à la Justice! répliqua l'oncle Wassi. Ce que nous voulons, c'est obliger la Sécurité à arrêter les coupables.

— Et tu penses que la Sécurité va réagir juste parce que vous aurez des images? protesta Fédric. Comme s'ils n'avaient pas déjà tous les éléments qu'il faut pour intervenir! Non, tu peux me croire, moi j'ai parlé à l'inspecteur Corsan. Il ne bougera pas, même si tu lui montrais les braconniers en plein massacre.

— Oh, du calme! intima Arialde. Ça ne sert à rien de vous disputer.

— Mais dis-lui, Aria, la seule façon d'obliger la police à agir, c'est de montrer publiquement les images du braconnage.

Arialde ne put que hocher la tête. L'idée n'était pas folle, elle devait l'avouer. Élodie-Martine Villiard lui avait parlé des groupes de pression qui, sur Terre, reprochaient aux gouvernements d'avoir livré Arkadie aux grandes compagnies minières. Ces gens rêvaient de pouvoir immigrer dans les étoiles. Des images du braconnage les choqueraient profondément.

— On n'a rien filmé du tout, Fédric, rappela Wassi, les braconniers ne sont pas venus relever leurs pièges.

— Ils viendront, affirma l'adolescent. Ils n'ont plus que trois nuits pour le faire. Ils viendront, c'est inévitable.

Wassi paraissait ébranlé. Arialde tendit une main, par-dessus le comptoir de cuisine, pour tapoter le bras du vieil homme.

— Fédric a raison, oncle Wassi. Laisse-le au moins présenter l'idée à la réunion de cet après-midi.

Le professeur Kradine céda, d'un lent hochement de tête. Fédric poussa un cri de triomphe, puis il pointa un doigt vers sa sœur.

— Il faut que tu sois de mon côté, Arialde. Parce que j'ai déjà essayé de contacter Élodie-Martine, mais je n'ai pas réussi à lui parler. Toi, au moins, elle te connaît.

Le petit hypocrite! Alors qu'il prétendait essayer de convaincre les autres de son idée, il avait déjà entrepris des démarches pour amener l'équipe télaz à Bourg-Paradis! L'oncle Wassi, résigné, se contenta de hausser les épaules.

* * *

— Soyons bien clairs, commença Élodie-Martine. Ce que nous voulons montrer, c'est votre lutte contre le braconnage. Je peux vous assurer que ça vous amènera des appuis de la Terre.

Le professeur Jen Dupré hocha sa tête blanche. Ils se trouvaient réunis dans la grande salle du laboratoire de biologie: il y avait Ève Gonnerville, Ian, Marline, l'oncle Wassi, et la plupart des confrères de Bourg-Paradis. Élodie-Martine s'adressait à eux de sa voix un peu rauque et tous étaient suspendus à ses lèvres. Éric Jordan, son caméraman, ainsi que son assistant et le réalisateur, se tenaient derrière elle, suivant la réunion avec patience.

Arialde, quant à elle, se sentait étrangement excitée par la situation. Tandis qu'Élodie parlait, Arialde songeait à la lieutenante Clairoux, à Michel Corsan, à Jérémie, à tous ceux qui avaient refusé de l'écouter ou de la prendre au sérieux. Elle leur prouverait! Contrairement à Fédric, elle n'avait pas tenté de rejoindre la journaliste directement. Arialde avait eu plutôt l'idée de s'adresser à Éric Jordan, qui lui avait montré de la sympathie à Agora. Éric l'avait mise en contact avec Élodie-Martine, et voilà : sur un seul appel de sa part, Arialde amenait la télaz à Bourg-Paradis. De là à croire que la Sécurité elle-même plierait sous la pression qui allait bientôt s'exercer...

* * *

— Arrête de bouger ! intima Ian dans un chuchotement. Je pense que je capte quelque chose...

Arialde s'immobilisa, malgré le picotement qui lui chatouillait la jambe. Ce n'était déjà pas facile d'ignorer la présence de la caméra vidéotri, placée juste devant elle ! Éric Jordan se prétendait discret, mais son matériel occupait la moitié de l'espace, sous la tente, obligeant les jeunes gens à se tenir près de l'ouverture et du froid. Arialde n'était pas vraiment fâchée, bien sûr. La caméra braquée sur elle n'était qu'une ombre au coin de son œil.

Arialde se trouvait, avec son frère, dans l'abri de toile construit au sommet d'une éminence, en pleine forêt. Cette région d'Arkadie était plongée dans la nuit la plus noire mais, même en plein jour, la cachette des jeunes gens n'aurait pas été visible, sauf pour l'observateur averti. Construite en toile kaki, la tente était dissimulée sous un amas de branches et de feuilles, elle se confondait parfaitement avec son environnement.

On était au cinquième soir de veille. Le lendemain, les dernières navettes emporteraient le minerai hors d'Arkadie, pour le charger à bord du train spatial qui attendait en orbite. Les braconniers ne reviendraient plus avant le retour du prochain train. Cette nuit, cependant, les trafiquants se promenaient dans le territoire qu'ils croyaient leur appartenir. Un peu plus tôt, un glisseur était apparu, en provenance d'Howell, et s'était posé sur le bord de la rivière. Ce que les braconniers ignoraient, c'est qu'ils étaient déjà, depuis deux jours, les vedettes d'un vidéo...

Sous la tente, Arialde et Ian avaient pour tâche de suivre les déplacements des braconniers. La jeune femme portait la télunette, empruntée à Fédric. Branchée à un terminal portatif, la télunette permettait à Arialde de consulter et modifier sans effort les informations rapportées par le «micro-fusil» que Ian pointait en direction de la forêt. Le micro-fusil enregistrait tous les bruits dans un rayon de deux kilomètres. Il fallait une analyse complexe, que seul l'ordinateur pouvait effectuer, pour déterminer si ces bruits avaient une provenance humaine ou animale, comme des voix, toussotements ou raclements de gorge. Grâce à cette écoute électronique, l'ordinateur situait les divers groupes qui se trouvaient dans la forêt. Car, pour épier les braconniers, deux équipes armées de caméras se déplaçaient dans les bois.

Deux nuits plus tôt, l'une de ces équipes avait elle-même été suivie par les gens de la télaz — et Arialde en faisait partie, bien entendu. Ç'avait été une nuit fructueuse, puisque Éric Jordan avait pu filmer les braconniers en train de s'enfuir d'un air coupable : c'est que l'équipe télaz, plus bruyante que les gens du village, avait signalé sa présence lorsque l'assistant du caméraman avait fait une chute. Les braconniers, qui ignoraient la provenance du bruit, avaient fui sans demander leur reste. Ils n'étaient pas revenus la veille et Arialde croyait bien qu'ils ne reviendraient plus avant le départ du train. Ses confrères savants de Bourg-Paradis, satisfaits des images prises durant cette nuit, auraient bien relâché leur veille, d'autant plus que tout le monde commençait à être fatigué. Mais la télaz n'avait pas filmé tout ce qui l'intéressait. Ce soir, Élodie-Martine avait désigné Arialde pour monter la garde sous la tente. Évidemment, durant ce temps, la journaliste se trouvait bien au chaud au village.

La nuit se faisait glaciale, Arialde avait les doigts gelés et de moins en moins envie de rire. Bien sûr, ce froid nocturne n'avait aucune commune mesure avec celui qu'elle avait connu dans le conteneur...

Arialde reporta son attention sur les informations qu'elle lisait dans la télunette : analysant le bruit que Ian avait capté, l'ordinateur indiquait que les braconniers se déplaçaient. Arialde chuchota, dans le micro du communicateur portatif :

— Attention, équipe 2, ils arrivent dans votre secteur.

Seul un signal sonore lui répondit: pour ne pas être repéré par les braconniers, personne dans les équipes de surveillance ne prononçait le moindre mot. Les gens de Bourg-Paradis, habitués à circuler en forêt sans effrayer les animaux qu'ils observaient, étaient capables de se mouvoir sans bruit. Ce n'était pas comme les gens de la télaz, ni comme les braconniers, ces gens au pas maladroit que le micro-fusil suivait sans peine à travers la forêt.

Trois «bips» retentirent à l'oreille d'Arialde qui murmura:

— Ils se préparent à repartir.

Ian acquiesça: le micro-fusil captait une conversation, des rires aussi: les braconniers avaient terminé leur récolte. Les gens de la télaz aussi.

9

Un reportage qui fait du bruit

Pour Arialde, les jours qui suivirent s'écoulèrent avec une lenteur exaspérante. Il fallait du temps pour que tout le matériel audiovisuel fût transmis à la station émettrice de télaz, puis pour que le montage transforme en reportage ce qui n'était que des morceaux de tournage. De plus, l'émission «Nomade» ne passait qu'une fois par semaine. Élodie-Martine, qui avait quitté Arkadie, appela d'une station relais pour signaler que le reportage serait diffusé. Enfin! L'émission passerait à la télaz près de deux semaines après le départ du train en direction d'Agora, puis de la Terre.

Ce soir-là, les habitants de Bourg-Paradis demeurèrent enfermés dans leur maison, rivés à leur télaz. L'écran était en fait un tube de projection. Grâce à la diffusion interactive, le spectateur pouvait faire pivoter l'image dans le tube afin d'en regarder toutes les facettes. Lorsque l'émission commença, personne ne songea à tripoter la télécommande.

Assise par terre, sur un coussin, dans un coin du salon, Arialde se rongeait les ongles. Elle aurait préféré être seule pour visionner ce reportage. Si tout le monde avait l'air stupide, si elle-même disait des bêtises, que penseraient ses confrères? Mais il était trop tard pour reculer.

Élodie-Martine apparut dans le tube, aussi vraie qu'en chair et en os. Il y eut des extraits d'entrevues où l'on vit Jen Dupré pontifier sur les ravages causés par les braconniers en forêt. Arialde jugea les images de ces ravages beaucoup plus éloquentes que le discours du professeur. Puis la jeune femme s'écouta parler en trouvant que sa voix paraissait nasillarde. Les scènes de nuit, tournées en infrarouge, avaient un petit côté dramatique mais, hélas, la définition de l'image n'était pas de la plus grande qualité. La fuite des braconniers, la nuit où Arialde elle-même tenait une caméra bimax, parut très confuse. Par contre, les images de la dernière nuit, la veille du départ du train, montraient avec netteté le visage des braconniers.

La voix d'Élodie-Martine, qui demeurait hors champ, narrait avec simplicité la lutte des savants de Bourg-Paradis contre le braconnage et le laisser-aller des autorités policières. Arialde reconnut que l'inspecteur Corsan, s'il écoutait la télaz ce soir, deviendrait sans doute vert de rage. Tant pis.

Arialde alla se coucher avec un sentiment étrange où le triomphe se mêlait à la crainte:

quelles conséquences, maintenant, aurait la diffusion de ce reportage pour toutes les personnes impliquées dans cette affaire?

* * *

La première conséquence a été que personne n'a dormi très longtemps cette nuit-là. Arialde se débattait dans un mauvais rêve: la forêt avait été rasée par les policiers qui recherchaient les braconniers. Mais les gens qui s'enfuyaient à travers bois étaient les habitants de Bourg-Paradis. Arialde tentait de rejoindre ses amis pourchassés par les policiers, cependant qu'Élodie-Martine, dont les cheveux étaient ornés de plumes d'oiseaux, la retenait sous la tente en répétant: «Ça ne sert à rien, ça ne sert à rien.» Arialde n'était plus elle-même mais un oiseau qu'Élodie-Martine s'apprêtait à plumer, armée d'un rasoir qui grondait bruyamment. Arialde s'éveilla en sursaut, les draps entortillés autour des jambes, le pyjama trempé de sueur.

Elle resta immobile dans l'obscurité, puis elle se rendit compte qu'elle n'avait pas imaginé le bruit du rasoir: un grondement s'amplifiait, au-dessus de la maison, et Arialde sentit les murs trembler autour d'elle. Aussitôt, elle bondit hors du lit. En percevant son poids sur le plancher, Nounou alluma une veilleuse dans la chambre. Dans le salon, la jeune femme découvrit Wassi, Ian, Marline et Fédric: tout le monde, inquiet, quittait sa chambre. Ensemble, ils se dirigèrent vers la porte. Sur la galerie, un surprenant spectacle les attendait. Des glisseurs achevaient leur descente vers le village. Deux appareils étaient déjà posés, leurs projecteurs braqués sur les maisons; des silhouettes couraient dans la lumière crue des lampes.

— C'est la Sécurité! s'exclama Wassi d'un ton incrédule.

Il disait vrai: sous les projecteurs, on reconnaissait les uniformes des agents. Ian et Arialde échangèrent un regard décidé, puis la jeune femme se tourna vers le professeur Kradine.

— Ian et moi allons aux nouvelles, vous autres, vous restez ici.

Fédric protesta, mais Marline étendit le bras à temps pour l'empêcher de suivre ses aînés. Ian et Arialde dévalèrent le chemin à pic qui reliait la maison des enfants au village. Lorsqu'ils débouchèrent sur la grand-place, obstruée par un glisseur, ils furent arrêtés par des agents qui braquèrent leur arme sur eux. Les jeunes gens écartèrent les bras pour montrer leur docilité. Un officier s'approcha d'eux.

— Amenez-les avec les autres!

Un agent leur désigna le perron du laboratoire de biologie, déjà occupé par plusieurs habitants du village. Tous avaient été tirés du lit, ainsi qu'en témoignaient les robes de chambre passées par-dessus les pyjamas. Planté devant un homme en civil, le professeur Jen Dupré demandait d'une voix aiguë:

— Qu'est-ce que vous voulez?

L'homme en civil, constata Arialde avec soulagement, n'était pas Corsan mais l'un de ses hommes, qu'elle avait aperçu souvent en allant rendre visite au policier.

— Nous avons un mandat de perquisition, fit l'homme en tendant un document au professeur Dupré.

Le professeur examina le papier un moment, puis il leva la tête avec stupeur en direction du policier.

— Je ne comprends pas!

— C'est pourtant simple, c'est écrit là, répliqua le policier.

Le professeur Dupré se redressa de toute sa hauteur, glacial.

— Je sais lire. Ce que je veux dire, c'est que je ne comprends pas pourquoi vous utilisez la force. Si vous voulez les enregistrements que nous avons faits en forêt et qui montrent les braconniers en flagrant délit, vous n'avez qu'à le demander: nous sommes prêts à collaborer avec la police. J'ai assez demandé à l'inspecteur Corsan d'agir, je ne comprends pas qu'il vous envoie cette nuit!

— Désolé, fit le policier. Les ordres viennent de plus haut.

Arialde, comme ses compagnons, regarda sans bouger les policiers qui fouillaient le laboratoire.

* * *

— Qu'est-ce que c'est, Aria?

Fédric enlaçait sa sœur par-derrière, il regardait par-dessus l'épaule d'Arialde, le menton appuyé contre elle pour examiner le papier
qu'elle tenait à la main. L'imprimante du cour-
rier venait de cracher la feuille, après quelques
formalités qui avaient intrigué la jeune
femme: il lui avait fallu indiquer son numéro
d'identification personnel et le numéro de son
passeport avant que la machine daignât imprimer l'envoi. Et maintenant, Arialde se perdait
dans la contemplation du papier. «Qu'est-ce
que c'est?», avait demandé Fédric: Arialde
n'était pas certaine de le savoir.

— C'est un subpœna, je pense, Fédric.

— Et ça veut dire quoi, un su-beu-pé-na?

Arialde tâta pour trouver la main de son
frère qui enserrait sa taille et la dénoua doucement.

— C'est un ordre de me présenter en cour. Je
dois témoigner au procès des braconniers.

«Ah.» Sa curiosité satisfaite, Fédric s'éloi-
gna. Arialde replia la feuille imprimée, puis
elle demeura immobile, pensive. Lorsque la
télaz avait annoncé l'arrestation de trois ouvriers, quelques jours plus tôt, cela avait sem-
blé une bonne nouvelle. Du moins, tout le
monde s'était réjoui, à Bourg-Paradis, à la
perspective qu'aucun braconnier ne viendrait
plus ravager la forêt. Mais maintenant, tandis

qu'elle serrait le subpœna entre ses doigts, Arialde ne trouvait pas très gaie l'idée de se trouver devant un juge, dans un tribunal.

La porte de la maison s'ouvrit si brusquement qu'Arialde sursauta. Marline entra en coup de vent. Arialde ouvrit la bouche pour lui reprocher sa brusquerie, mais elle se tut, car le visage de l'adolescente montrait qu'elle était bouleversée.

— Wassi n'est pas là? s'écria la jeune fille.

— Non, répondit Arialde avec un froncement de sourcils. Il est allé à Howell, c'était son tour de passer à l'astroport.

— Et Ian? Où est-il?

Arialde s'avança vers sa sœur et lui prit la main pour la forcer au calme.

— Voyons, Marline, Ian est quelque part sur la Jadière, tu sais bien. Dis-moi ce qui se passe...

L'adolescente échappa à l'étreinte de son aînée et se dirigea vers la télaz. Attiré par le bruit de voix, Fédric émergea de sa chambre, sa curiosité à nouveau piquée. Il contempla sa sœur cadette qui mettait en marche la télaz.

— Qu'est-ce qu'il y a?

— La grève! fit Marline en se tournant vers lui. On a entendu ça, au labo.

La grève? Arialde s'approcha à son tour de la télaz, comme si le son qui sortait du tube de projection n'était pas assez assourdissant. Marline prit la télécommande et changea de chaîne jusqu'à trouver celle qui l'intéressait. Un brouhaha de cris envahit le salon: dans le tube-écran, des manifestants brandissaient des pancartes, juchés sur des camions qui défilaient à coups de klaxon tonitruants.

— Une grève générale! expliqua Marline, la voix bientôt couverte par celle de la commentatrice.

«Les grévistes ont affirmé qu'ils ne retourneront au travail que si leurs confrères sont réintégrés dans leur poste. On se souvient que les ouvriers Nardelle, Saint-Sauveur et Shermont, ont été arrêtés suite au reportage de notre consœur Élodie-Martine...»

La télaz montra un extrait du reportage diffusé à «Nomade». Arialde fronça les sourcils, agacée de se trouver mise en vedette dans pareilles circonstances.

«La police, continua la présentatrice, a saisi les films que détenaient les savants du groupe de recherche arkadien. On sait que, ce matin, le syndicat des mineurs a déposé une injonction pour empêcher le procureur d'utiliser ces documents vidéo comme preuve.»

L'image changea: un homme emplit l'écran, entouré d'une multitude de journalistes dont les micros semblaient prêts à crever le tube de la télaz. Son nom clignota en petits caractères: Maître D. Ignacio, procureur.

«La cour supérieure des colonies étudie la demande d'injonction, indiqua le procureur. Je ne peux pas vous en dire plus pour le moment.»

Arialde froissa le subpœna dans la paume de sa main. Peut-être n'irait-elle pas devant le juge, finalement. Cette affaire commençait à prendre plus d'ampleur que la jeune femme ne l'avait souhaité.

«Maître Ignacio, cria une journaliste, êtes-vous au courant de la grève générale que vient de déclencher le syndicat des mineurs?»

«La réintégration des accusés à leur travail n'est pas l'affaire de la Cour, répondit le procureur, mais celle de la compagnie qui les emploie. C'est à la Howell de juger si des accusations criminelles portées contre un employé justifient sa mise à pied.»

Arialde s'avança pour couper le son de la télaz. Dans le tube écran, le procureur gesticula encore un moment, puis la chaîne indiqua : «Fin du bulletin spécial d'informations.» Arialde tourna le dos à l'écran.

— Et Wassi qui n'est pas rentré! soupira Marline.

— Tu penses que ça peut être dangereux? s'inquiéta Fédric.

— Allons, fit Arialde d'un ton brusque, ce n'est pas parce qu'il y a grève...

Marline désigna le tube-écran d'un doigt impérieux.

— Tu es aveugle ou quoi? Les grévistes bloquent toutes les routes!

À ce moment, la porte s'ouvrit sur le savant, qui s'arrêta tout étonné en apercevant les enfants. «Oncle Wassi!» s'écria Marline en se précipitant vers lui. Arialde répondit par un haussement d'épaules au coup d'œil interrogateur du savant.

* * *

Les hommes qui pénétrèrent dans la maison, cet après-midi-là, affichaient tous une mine grave et sévère qui inquiéta les enfants, lorsqu'ils se montrèrent tour à tour au salon. Arialde reconnut avec anxiété l'un d'entre eux, le plus âgé, celui dont le front était creusé d'une ride soucieuse. Il s'agissait du coordonnateur industriel, monsieur Walcott. Cet homme avait pour fonction de gérer les affaires arkadiennes : il devait en principe coordonner les relations entre l'industrie et la mairie de Bourg-Paradis, entre les compagnies minières et les savants qui se partageaient – inégalement – la planète. Dans les faits, Walcott veillait surtout aux intérêts de la compagnie Howell qui payait son salaire, ce n'était un secret pour personne. Sa venue à la maison avait de quoi inquiéter.

Walcott était accompagné d'un jeune homme en complet noir, qu'Arialde ne connaissait pas et qui lui jeta à peine un coup d'œil. Le coordonnateur amenait également avec lui le professeur Dupré qui, lui, aurait manifestement préféré se trouver ailleurs.

— Eh bien? s'enquit Wassi, lorsque tout son monde fut au salon.

Les nouvelles des derniers jours n'avaient rien de réjouissant : la cour avait étudié et accepté la demande d'injonction. Cela signifiait que tous les documents audiovisuels tournés

par la télaz ou par les savants étaient irrece-
vables comme preuve judiciaire. Parce qu'elles
avaient été prises à l'insu des braconniers et
sans mandat de surveillance électronique, les
images montrées à la télaz ne valaient rien.
Les ouvriers arrêtés pour braconnage avaient
donc été relâchés, puisqu'aucune preuve ne
pouvait être retenue contre eux. Cependant, la
grève générale qui paralysait Arkadie n'était
pas terminée: les braconniers n'avaient pas
encore réintégré leur emploi.

Le coordonnateur Walcott consulta son
jeune compagnon du regard, puis il commença:

— Professeur Kradine, c'est à Arialde que
nous devons parler.

— À moi? s'étonna la jeune femme.

Elle dévisagea les visiteurs avec anxiété.
Depuis qu'elle s'était mêlée de cette affaire, les
ennuis n'avaient pas cessé de pleuvoir. Quel
nouveau problème l'attendait maintenant?
Mais, songea-t-elle avec espoir, peut-être ne
s'agissait-il pas d'un ennui. Peut-être Walcott
venait-il s'excuser pour la perquisition de l'autre nuit...

— Voilà, fit le coordonnateur. Notre problème actuellement, c'est la grève générale qui
nuit au développement d'Arkadie. La compagnie Howell a accepté de réintégrer les trois
ou- vriers mis à pied.

— Les trois braconniers, vous voulez dire,
glissa Arialde.

Le coordonnateur fronça les sourcils.

— Il n'y aura pas de procès contre eux, jeune

Henke. Croyez-vous être plus juste que la Justice? Mais il est vrai que vous avez tendance à interpréter la loi selon vos besoins, n'est-ce pas?

Arialde cligna des paupières. Tout ce qu'elle avait fait, c'était d'empêcher des hommes de se livrer à un odieux braconnage. Et maintenant, le coordonnateur s'adressait à elle comme à une criminelle!

Arialde voulut répliquer, mais Ian ne lui en laissa pas le temps:

— Qu'est-ce que vous racontez, Walcott? Si vous avez quelque chose à nous reprocher, dites-le, mais pas de sous-entendus!

Le coordonnateur se tourna vers Ian avec raideur.

— Vous, vous avez de la chance de vous en tirer, Ian Onieri. C'est à votre sœur que j'ai affaire.

Ian esquissa un geste vers le coordonnateur, mais Wassi l'arrêta. Le professeur Kradine respirait avec peine, il contenait visiblement sa colère.

— Expliquez-vous, Monsieur Walcott, nous ne demandons qu'à écouter.

Le coordonnateur reporta son attention vers Arialde.

— J'ai une grève sur les bras. Sur Terre, on me demande de rétablir l'ordre au plus vite. C'est que cette grève commence à coûter cher... Or, pour reprendre le travail, voilà que les grévistes ne demandent qu'une chose: que la personne qui a diffamé les ouvriers soit expulsée d'Arkadie.

«Quoi?» Arialde aurait été incapable de dire qui avait crié, de Ian ou de Wassi. Sa tête lui semblait enveloppée dans du coton, elle n'entendait la voix de Walcott que de très loin.

— C'est très simple, expliqua obligeamment le coordonnateur. La Howell a décidé votre expulsion. Je viens vous transmettre l'avis de bannissement : vous devez quitter Arkadie.

— Mais, protesta Wassi, c'est de la justice sommaire ! Nous allons en appeler au bureau de l'expansion spatiale !

Walcott plissa les paupières.

— Professeur Kradine, je vous conseille de vous tenir tranquille. Votre rôle a déjà été dénoncé, dans cette affaire...

Le regard du coordonnateur désigna Fédric.

— Vous êtes responsable de ces enfants, Professeur. Et vous avez depuis longtemps dépassé l'âge de la retraite.

Marline retint Fédric, elle leva les yeux vers sa sœur, suppliante.

— Je... Je suis responsable de mes actes, fit Arialde. L'oncle Wassi a essayé de m'empêcher d'agir, mais je ne l'ai pas écouté.

Wassi se tourna vers le professeur Dupré, mais le savant gardait les paupières baissées. Ses mains, croisées devant lui, semblaient aussi pâles que son visage.

— Quand voulez-vous que je parte ? demanda Arialde.

— Dès qu'un vaisseau de passagers aura une

place disponible, nous vous le ferons savoir, répondit Walcott. D'ici là, je vous conseille de rester chez vous et d'éviter de vous faire remarquer.

Le jeune homme en noir tendit une enveloppe à Arialde qui s'en saisit machinalement. Puis le coordonnateur et son escorte quittèrent la maison. Le professeur Dupré resta derrière.

— Jen, bredouilla Wassi, tu ne vas pas laisser faire ça!

Le professeur leva vers son confrère un regard qui sembla embué.

— Ils ne m'ont pas donné le choix, Wassili. Tu oublies que, si nous pouvons rester ici à poursuivre nos recherches, c'est grâce à «l'aimable patronnage» de la Howell, comme ils disent. As-tu envie de quitter Arkadie?

Inutile de répondre. Les enfants s'entreregardèrent. Arialde baissa les yeux pour contempler l'enveloppe qu'on lui avait remise. Elle ne put réprimer un sanglot. Ses frères et sœur l'entourèrent aussitôt. Ils se serrèrent les uns contre les autres, comme si rien ni personne ne pouvait les séparer.

10

Où il est question de vengeance

— Dans un babillard électronique, j'ai connu quelqu'un qui savait faire des bombes, tu vas voir si je vais leur faire péter ça dans la figure...

La voix de Fédric grondait, inaudible pour les gens hors du cercle qui l'entourait, mais assez forte pour faire craindre aux siens qu'il soit entendu.

— Chut! intima l'oncle Wassi, en jetant autour de lui de brefs coups d'œil.

Arialde pointa un doigt menaçant vers son jeune frère.

— Tiens-toi tranquille, espèce de petit imbécile, et ne cause pas d'ennuis à Wassi...

Autour d'eux, la salle d'attente de l'astroport résonnait du bruit de pas, tandis qu'une centaine de personnes s'y pressait, faisant la queue devant le guichet des douanes. La navette pour Agora décollait dans quelques minutes. Arialde et les siens formaient un cercle compact dans la file d'attente. Il y avait Ian,

Marline, Fédric et Wassi, bien sûr, mais aussi Ève Gonnerville qui avait tenu à représenter les gens de Bourg-Paradis. D'autres seraient peut-être venus également, mais ils avaient craint que les autorités confondent leurs adieux avec une manifestation. La peur était tombée sur Bourg-Paradis comme un manteau d'ombre : chacun craignait pour l'avenir de son petit projet de recherche et vivait dans l'angoisse à l'idée d'être expulsé d'Arkadie, comme Arialde. Née sur la planète, première Arkadienne, Arialde, que personne n'imaginait vivant hors d'Arkadie, allait pourtant s'embarquer pour la station spatiale et prendre la route de la Terre.

Elle avait espéré ne pas partir, jusqu'au dernier instant. Il s'était écoulé des semaines entre l'avis d'expulsion et la mise à exécution de l'ordre : les autorités attendaient qu'un vaisseau survienne, à destination du système solaire. En effet, il était inutile d'envoyer Arialde perdre son temps sur Agora en attendant une correspondance pour la Terre. La jeune femme avait tenté de joindre Élodie-Martine ou son caméraman, mais l'équipe de «Nomade» se trouvait sur le chemin du retour. Élodie-Martine avait terminé son périple dans les colonies et regagnait la Terre. Dommage. Mais qu'est-ce que la journaliste aurait changé au sort qui attendait Arialde, de toute manière?

La tête contre l'épaule de sa sœur, Fédric murmura :

— Emmène-moi avec toi, Aria, je veux partir aussi.

Les lèvres serrées pour s'empêcher de pleurer, Marline tira son frère en arrière, près d'elle.

— Arrête de faire le bébé, si tu penses que c'est facile pour nous!

Fédric les regarda tour à tour, Ian, Marline et Wassi, puis il se détourna en reniflant.

— Je ne suis pas un bébé. Je ne pleure pas.

Moi non plus, moi non plus. Arialde sentait la boule qui lui bloquait la gorge prête à se dénouer, à laisser monter les sanglots. Non, pas tout de suite. Elle pleurerait après, quand elle serait seule, dans la navette. Alors, elle n'aurait rien d'autre à faire que de verser toutes les larmes de son corps.

Elle se rendit compte qu'Ian fixait un point derrière elle et se tourna pour suivre la direction de son regard.

— Qu'est-ce qu'il vient foutre ici, ce salaud? gronda Ian.

Arialde tressaillit. Les portes de la salle d'attente venaient de s'écarter sur le stationnement inondé de soleil, laissant entrer un groupe d'hommes que précédait Jérémie. Mais ce n'était pas au jeune pilote que s'adressait la remarque d'Ian: derrière Jerry Valois venaient l'inspecteur Corsan et deux de ses hommes. L'un portait un porte-documents, l'autre une télunette. Ils s'arrêtèrent dans la salle d'attente, on aurait dit des hommes d'affaires consultant l'horaire de la navette. Puis Michel

Corsan toucha le coude de Jérémie et les hommes se dirigèrent vers le groupe qui accompagnait Arialde.

La jeune femme s'avança vivement pour empêcher Ian de bouger. Son frère avait serré les poings, tout son corps se tendait en direction de l'inspecteur. «Ian!» supplia Arialde. Wassi se rendit compte de l'imminent danger de bagarre. Il entoura les épaules du jeune homme d'un bras protecteur.

— Allons, peut-être qu'ils viennent pour arranger les choses.

Les poings de Ian restèrent crispés. Arialde s'avança vers les nouveaux arrivants pour éviter qu'ils ne s'approchent trop de son groupe. Elle s'adressa à Jérémie, ignorant la présence des policiers derrière lui.

— Eh bien, Jerry, t'as de la drôle de compagnie aujourd'hui. Mais, c'est vrai, j'oubliais que tu es un délateur...

Les paupières du jeune pilote cillèrent, il eut un sourire sans joie.

— O.K., je te permets de m'insulter pendant cinq minutes si tu me laisses le temps de te parler.

Arialde lorgna du côté de sa famille, vit le rang serré qu'ils formaient, solidaires, le visage fermé comme des portes closes, avec pourtant une infime lueur d'espoir dans le regard. Tant que la navette n'aurait pas décollé, et même après, tant que le vaisseau qui l'emporterait vers la Terre n'aurait pas quitté Agora, eux continueraient à espérer.

— Tu viens par là? l'invita Jérémie.

Arialde le suivit. Derrière, elle entendit les policiers qui emboîtaient le pas. Elle lança à sa famille:

— Ne bougez pas, je reviens.

Pas de danger que l'un d'entre eux quitte l'astroport.

Jérémie la guida vers un salon privé servant à accueillir les pontes qui visitaient Arkadie à l'occasion. Il y avait des sculptures en pierre, des morceaux de minerai trouvés dans les mines, des tableaux d'anciens maîtres du vingtième siècle (ou des reproductions, Arialde ne pouvait juger de la valeur des œuvres). Il y avait des coussins sur un sofa de cuir, des tapis colorés au sol, de lourds rideaux aux fenêtres. Arialde regardait autour d'elle et ne voyait pas. Tout était flou, elle était dévorée par une envie de s'évanouir, de disparaître dans l'inconscience pour les empêcher de lui faire du mal encore.

Les trois policiers entrèrent et refermèrent la porte. Alors seulement Arialde tourna les yeux vers eux, les détaillant à tour de rôle, fixant Michel Corsan d'un regard dur comme la pierre, un regard qui disait: Je vous ai aimé; vous le savez. Je vous déteste; vous le savez aussi.

— Arialde, commença Jérémie d'un ton pressant, nous avons une proposition à te faire.

— Nous? Tu es de leur côté, toi?

— Eh! fit le pilote avec un rire gêné. Je suis du côté où je ne risque pas la prison, tu devrais comprendre ça. Et puis, comme ils avaient un service à te demander, et qu'ils savaient que tu les enverrais promener, c'est à bibi qu'ils ont demandé de servir d'intermédiaire.

Il ajouta, avec une grimace mutine :

— Tu peux bien arracher les yeux à ce pauvre Jerry, eux, ils s'en fichent !

Arialde haussa les épaules, ce qui laissa à Jérémie tout le loisir d'expliquer la proposition :

— On sait que tu ne portes aucun d'entre nous dans ton cœur, mais on a pensé que tu aimerais au moins te venger un peu, avant de partir.

Pendant un moment, le cœur d'Arialde avait cessé de battre, sa vie avait été suspendue aux lèvres de Jérémie. Qu'espérait-elle ? Comme ces naïfs qui l'attendaient, dans l'autre salle, avait-elle cru qu'il venait lui annoncer un renversement de situation ? Elle était bien sotte, alors.

— Me venger ?

Elle avait mal, dans la poitrine, à force de se torturer d'espoir. Mais personne, dans cette pièce tendue de velours, ne semblait s'en soucier.

— Tu vas disposer d'une heure, à Agora, avant d'embarquer à bord du vaisseau. Une heure, c'est bien assez pour rendre une petite visite.

Arialde leva vers Jérémie des yeux aveugles. Le jeune homme fit un pas vers elle, la soutint d'une main sous son coude.

— Oui, une visite, Arialde, à quelqu'un que tu aimes beaucoup, quelqu'un qui a sous la main le meilleur système de surveillance au monde et qui a quand même trouvé le moyen de ne rien voir de l'enlèvement.

Arialde tressaillit. La lieutenante Clairoux? Jérémie dut se rendre compte qu'elle avait compris, il acquiesça.

— Joline Clairoux et ses six écrans de surveillance grâce auxquels personne ne vous a vus monter à bord du train, Fédric et toi.

— Pourquoi... bredouilla la jeune femme. Pourquoi vous intéressez-vous à la lieutenante Clairoux?

— Parce que, alors que la Sécurité d'Arkadie essaie de remonter le réseau de trafiquants depuis des mois, avec la soi-disant collaboration de Joline Clairoux, l'enquête bloque toujours au même endroit: à Agora. Même moi, je n'ai jamais pu voir la figure de la personne qui contrôle le ramassage de la marchandise là-bas. Alors, la police a commencé à se poser de sérieuses questions sur le service de Sécurité d'Agora. Quand tu as raconté ton enlèvement, surtout cette histoire de canette de gaz...

Arialde se remémora le rire de la lieutenante Clairoux, quand elle avait fait allusion à un gaz soporifique.

— Oui, reprit Jérémie, ça nous a fait tiquer. Tu comprends, ce genre de canette surprise, c'est une arme de la Sécurité, ça.

Arialde dévisagea les trois policiers, qui se tenaient derrière Jérémie, imperturbables.

Michel Corsan se détourna. Les yeux d'Arialde revinrent vers celui qui portait la télunette, puis s'écarquillèrent. Elle comprenait! Elle comprenait comment la lieutenante Clairoux avait détourné l'attention durant l'enlèvement...

Ce fut à l'inspecteur Corsan qu'Arialde s'adressa :

— Pourquoi? Je veux dire : pourquoi vous en prendre à Clairoux *maintenant*? Est-ce que vous pensez qu'elle est l'un des chefs du réseau?

Tourné lui aussi vers l'inspecteur, Jérémie laissa le policier répondre.

— Sans doute pas le chef, mais l'une des têtes dirigeantes. Nous en sommes sûrs grâce à vous, Arialde, à cause de ce que vous avez vécu à Agora.

Arialde ne dit rien, mais l'étonnement qui se peignait sur son visage poussa Michel Corsan à expliquer :

— Rappelez-vous, Arialde : quand vous avez abordé Flora Syrelle et son compagnon pour leur parler des plumes, ils s'en étaient déjà débarrassé. Pourquoi, sinon parce que quelqu'un les avait prévenus que vous vous y intéressiez? Et qui pouvait savoir que vous cherchiez ces plumes sinon quelqu'un de la Sécurité? Même chose à propos de votre enlèvement : à la Sécurité, on vous a vus rôder dans les couloirs, autour des quais, puis plus rien. Qui mieux que Joline Clairoux avait toutes les facilités pour vous faire disparaître sans laisser de traces?

Arialde respirait par saccades. Après toutes ces semaines de débats et de difficultés, quelqu'un d'autorité, enfin, acceptait de croire qu'elle n'avait pas inventé l'enlèvement. Elle soupira :

— Qu'est-ce que vous attendez de moi?

Corsan fit signe à l'homme qui portait le porte-documents. L'homme ouvrit sa mallette, en tira un objet métallique qu'il remit à son chef. Corsan avança vers Arialde pour le lui présenter.

— Nous voulons que vous alliez voir la lieutenante Clairoux en portant ça dans une de vos poches...

Arialde prit l'objet de métal, l'examina. C'était un minuscule boîtier piqueté de trous d'épingles et dont les deux moitiés s'imbriquaient si bien l'une dans l'autre qu'il semblait coulé en un seul morceau.

— À quoi ça sert?

— C'est un microphone ultrasensible qui va nous permettre de suivre votre conversation avec la lieutenante Clairoux. Nous espérons, si vous lui faites part de vos soupçons à son égard, qu'elle réagira en se trahissant.

Arialde eut un mouvement de recul.

— Mais elle a déjà essayé de se débarrasser de moi!

Corsan reprit le micro des mains d'Arialde et le glissa dans la poche du chemisier de la jeune femme. Il risqua un sourire.

— Cette fois, nous serons derrière vous.

Arialde resta figée, sans savoir si c'était dû au contact de la main de Corsan sur elle ou par stupéfaction.

— Vous... allez être là?

Corsan désigna les deux hommes qui l'accompagnaient.

— Nous prenons la navette. Mais, à aucun moment vous ne devrez montrer que vous nous connaissez. Dans Agora, nous vous suivrons jusqu'au service de la Sécurité. Vous êtes d'accord?

Trop abasourdie pour protester, Arialde acquiesça.

— Alors, continua Corsan, nous allons nous préparer à monter à bord. L'embarquement doit avoir commencé. Vous venez?

Jérémie fit un signe d'entendement au policier qui se détourna pour suivre ses hommes dans la salle d'attente. Comme Arialde allait emboîter le pas derrière les trois policiers, Jérémie la retint.

— Euh, attends une minute... Est-ce que je peux te parler pour mon propre compte, maintenant?

Sa famille attendait avec angoisse à côté — la jeune femme vit la tête de Marline qui se penchait pour essayer de l'apercevoir par l'entrebâillement de la porte. Cependant Jérémie avait posé une main sur son bras, il la retenait avec douceur; elle resta près de lui.

— Je veux te demander, Arialde... Est-ce que tu sais où aller?

La question la surprit. Elle ne croyait tout de même pas que Jérémie allait lui proposer une évasion? Les policiers le tenaient, il ne risquerait pas la prison pour sauver la jeune femme, même si la sauver était précisément devenu une habitude chez lui.

Arialde fit une moue qui exprimait sa lassitude.

— Tout le monde à Bourg-Paradis m'a proposé son aide pour aller chez l'un ou chez l'autre, mais je ne sais pas... Je n'ai pas envie de me rendre sur Terre, ce serait comme admettre la défaite, tu comprends?

Oui, il comprenait. Il hocha la tête, presque satisfait.

— Moi, j'ai une chambre à Antarctis. Pas une boîte à sommeil, une vraie chambre. C'est tout petit, mais tu serais à l'aise. J'en ai encore pour cinq mois avant de terminer mon contrat, et puis après, je ne suis pas sûr de rentrer, surtout si je peux prolonger ici...

— Tu veux que j'aille rester chez toi?

Ébahie, elle le détaillait des pieds à la tête, comme si elle découvrait un Jérémie dont elle ignorait l'existence. Il se renfrogna sous son regard.

— Ben quoi, c'est un endroit comme un autre, non? À Antarctis, l'activité principale ce sont les cultures hydroponiques, pour nourrir les ouvriers du complexe minier. Tu vois, tu ne serais pas trop dépaysée. Et puis, une biologiste comme toi, je suis sûr que tu peux être utile aux gens là-bas. J'ai déjà appelé un couple d'amis, ils sont d'accord pour s'occuper de toi. Ils ont un fils, un gars de mon âge, tu ne seras pas toute seule avec des vieux...

Il parlait vite, pour s'étourdir; elle fronça les sourcils.

— Pourquoi tu m'offres ça, qu'est-ce que ça te donnera?

Elle l'avait blessé. Il répondit d'un ton brusque:

— Bien sûr, je suis un voyou et un délateur, je ne peux pas t'aider juste pour tes beaux yeux, il faut absolument que ça me donne quelque chose!

Pour la première fois depuis qu'elle avait reçu son ordre d'exil, elle sourit, d'un vrai sourire amusé.

— Tu trouves que j'ai de beaux yeux?

Il la dévisagea avec gravité.

— Et beaucoup d'autres qualités dont tu ne te doutes même pas.

Ils firent silence un moment. Arialde songea à Michel Corsan, qui attendait dans la salle d'à côté. À toute sa famille qu'elle allait laisser derrière. Puis elle regarda Jérémie Valois dans les yeux, nota encore une fois la profondeur de son regard, puis elle se détourna, très vite, parce qu'il lui donnait tout à coup envie de pleurer.

— Alors? fit le jeune homme au bout d'un moment. Tu acceptes?

— Mon billet est prévu jusqu'à la Terre.

— Je vais t'arranger ça, t'occupe pas. Pendant ton voyage, je vais trouver une correspondance pour Titan. De toute manière, ton vaisseau s'arrête à Relais Trois, la première station du système solaire. Après, ce sont des transporteurs légers qui vont jusqu'à la Terre ou aux colonies. Et puis, sur Titan, mes amis seront à l'astroport pour te prendre. Ça te va?

Elle leva à nouveau les yeux vers lui, acquiesça.

— Bon... fit Jérémie, un peu troublé. Je pense qu'il faut que tu y ailles, maintenant...

Elle se hissa sur la pointe des pieds et, brièvement, lui effleura la joue de ses lèvres. Ce n'était pas un vrai baiser, juste un signe d'amitié, pour lui dire merci. Mais elle quitta tout de suite la pièce, pour le laisser rougir tranquille dans son coin.

Dans la salle d'attente, sa famille guettait son retour. Arialde vit que les autres passagers étaient déjà sortis sur le tarmacadam. Un agent de bord lui fit signe de se presser. Elle embrassa les siens à tour de rôle. Wassi la serra contre lui, murmurant à son oreille:

— Tu reviendras... Je ne veux pas mourir sans te revoir.

Marline se mit à pleurer en l'embrassant. Fédric ricana pour se moquer de sa sœur cadette, mais ses yeux s'embuèrent et il se détourna pour se moucher un long moment. Finalement, c'est à peine si les lèvres d'Arialde touchèrent son front. La jeune femme embrassa aussi Ève Gonnerville, puis ce fut le tour d'Ian. Il prit les mains de sa sœur et les garda longuement dans les siennes, à la dévorer des yeux. Il ouvrit la bouche, aucun son n'en sortit.

— Madame! appela l'agent de bord.

Arialde s'arracha avec effort à l'étreinte de son frère. Elle tourna les talons, vite, avant de se mettre à sangloter. Dans son dos, elle entendit la voix de Ian qui disait: «Au revoir, Aria.» Puis elle sortit dans la lumière du soleil, les yeux aveuglés de larmes.

11

Le mystère du septième écran

Alors que la navette amorçait la manœuvre d'accostage à Agora, Arialde risqua un coup d'œil par-dessus son épaule. Elle aperçut l'homme à la télunette mais, de l'inspecteur Corsan, ne vit que le sommet de ses cheveux noirs. Du moins, était-elle certaine qu'il se trouvait bien là, pour veiller sur elle lors de la confrontation avec la lieutenante Clairoux.

Arialde se frotta les yeux. Ses paupières lui semblaient desséchées depuis qu'elle avait cessé de pleurer. Elle les sentait toutes gonflées, douloureuses. Et puis, maintenant qu'elle s'était calmée, elle se demandait bien pourquoi elle s'était laissée aller de cette façon. Cela paraissait si irréel, cet exil forcé! Quelque chose se produirait qui l'empêcherait de monter à bord du vaisseau. Le coordonnateur industriel avait sans doute voulu donner une bonne leçon aux habitants de Bourg-Paradis, pour bien montrer qui était le maître d'Arkadie, mais Walcott n'oserait pas aller jusqu'au bout de la sanction. Non, tout allait s'arranger, Arialde en était persuadée.

Les passagers de la navette quittèrent leur siège bien avant que le voyant du sas passât au vert. Arialde imita son voisin. Elle se trouva parmi les premières personnes dans la file d'attente, au guichet des douanes. Les formalités ne lui prirent qu'un instant, bientôt elle avança dans le couloir d'Agora, en direction du service de la Sécurité. Elle ne jeta pas un regard derrière elle, se conformant aux instructions que lui avait données l'inspecteur Corsan. Le seul geste qu'elle se permit fut de tâter le mince boîtier du micro dans la poche de son chemisier. Ce contact la rassura.

L'employé qui l'accueillit ne fit pas obstacle lorsqu'elle demanda à voir la lieutenante Clairoux. Arialde se sentait calme et maîtresse d'elle-même en pénétrant dans le poste de surveillance. La personne qui montait la garde, devant les six écrans, n'était bien sûr pas la même qui avait été en poste le jour où Arialde et Fédric avaient été enlevés. Cette fois, il s'agissait d'une femme qui scrutait les écrans. Mais l'agente portait elle aussi la télunette, comme ses confrères.

La lieutenante Clairoux sortit de son bureau juste comme Arialde s'arrêtait pour contempler les écrans. Le visage de l'officière ne laissa filtrer aucune émotion : étonnée ou méfiante, la lieutenante Clairoux accueillit Arialde avec son habituel sourire moqueur.

142

— Qu'est-ce qui nous vaut l'honneur de votre visite, Madame Henke?

— Vous ne savez pas, vous qui savez toujours tout? J'ai été expulsée d'Arkadie. Je suis venue vous dire un petit bonjour en passant... Et aussi, je viens de comprendre comment vous avez fait.

Le sourire de la lieutenante Clairoux s'accentua.

— Comment j'ai fait quoi?

— Comment mon frère et moi nous avons pu être transportés à bord du train sans que personne ne s'en aperçoive.

Sous le regard ironique de la lieutenante, Arialde désigna le panneau de surveillance, devant lequel l'agente de garde s'efforçait de se concentrer en faisant abstraction de la présence de la visiteuse.

— Tout le monde s'est laissé obséder par ces six écrans. Si l'agent de garde n'a rien signalé de particulier, c'est qu'il ne s'est rien passé, non? Et pourtant, il existe un septième écran, dans cette pièce.

Arialde s'approcha de l'agente de garde pour effleurer la monture de la télunette. L'agente se tourna vers elle, agacée, mais Arialde l'ignora: elle défiait la lieutenante du regard. Le sourire de Clairoux s'était effacé.

— Qu'est-ce que vous essayez de prouver, Henke?

— Le jour de l'enlèvement, c'était le match de la finale entre les étoiles de la Terre et les étoiles des colonies. Un des fameux matchs de

143

hockey que tout le monde regardait sur tous les écrans disponibles... Ce n'est pas difficile d'imaginer comment vous avez pu détourner l'attention de l'agent de garde : il vous a suffi de le laisser regarder le match. Un peu d'indulgence de la part de son officière, ça n'avait rien de surprenant, ce jour-là.

Clairoux s'était raidie. Elle tourna brusquement les talons et passa dans son bureau. Arialde la suivit.

À l'intérieur du petit bureau, Clairoux lui fit face.

— Je ne vous laisserai pas me calomnier devant mes gens, Henke! Bannie ou pas d'Arkadie, ça ne vous donne aucun droit de venir déblatérer ici...

— Vous avez peur parce que je dis la vérité, n'est-ce pas, Lieutenante?

Clairoux haussa les épaules.

— La vérité! Qu'est-ce que vous appelez la vérité?

Clairoux était ferrée, bien accrochée : son seul souci, désormais, se limitait à découvrir ce qu'Arialde pouvait savoir. Et Arialde avait bien l'intention d'en raconter plus qu'elle n'en savait.

— Je vous ai vue, Lieutenante. Vous pensiez que j'étais déjà inconsciente, mais le soporifique n'avait pas encore complètement fait effet. Je vous ai vue vous pencher vers Fédric, pour vous assurer qu'il était bien dans les pommes. Ensuite, ç'a été mon tour.

144

Le sourire était réapparu sur les lèvres de Clairoux.

— Dans un film, je vous répondrais : impossible, je portais un masque ! Mais nous sommes dans la réalité, Arialde Henke. Vous n'avez aucune preuve contre moi.

Elle disait vrai, Arialde avait menti, mais elle tiendrait bon.

— Même si je ne vous avais pas vue, Lieutenante, il y a des choses que j'ai fini par comprendre. Le gaz soporifique, par exemple : vous aviez raison quand vous disiez que personne ne pourrait en introduire dans Agora. Mais un agent de la Sécurité a accès aux réserves de son service, non ? Et qui pouvait nous transporter dans le train, Fédric et moi, sans être aperçu, sinon quelqu'un qui peut contrôler le fonctionnement des caméras de surveillance ? Vous avez demandé à l'ordinateur de ne pas s'occuper du couloir des quais pendant quelques minutes. Quant à l'agent de garde, plongé dans son match de hockey, il ne s'est pas soucié de voir à ce que toute la station soit surveillée.

— Quelle imagination ! s'exclama Clairoux. Tant qu'à faire, pouvez-vous me dire pourquoi j'aurais agi ainsi ?

Arialde résista à l'envie de porter une main à son front : une affreuse migraine lui nouait la nuque, comme si quelqu'un s'était amusé à battre du tambour sur sa boîte crânienne. Le sourire de Clairoux la mettait au défi, et Arialde savait qu'elle ne devait même pas détourner les yeux.

— Parce que je ne vous lâchais pas une minute, Lieutenante, je fouinais partout. Peut-être avez-vous eu peur que Flora Syrelle m'en ait trop dit, je ne sais pas. Peut-être êtes-vous simplement une mégalomane qui n'aime pas qu'on dérange ses petites combines.

Le regard de la lieutenante se fit aigu comme une lame.

— Je pourrais me fâcher, mais je vais me contenter de vous demander à quoi ça vous sert de m'accuser?

— C'est vrai, convint Arialde. J'ai été expulsée d'Arkadie, dans quelques heures je serai loin d'ici, je ne pourrai plus rien contre vous. Alors? Raison de plus pour satisfaire ma curiosité. Dites-moi si, oui ou non, j'ai bien compris la façon dont vous avez agi?

— Vous êtes une personne dangereuse, Arialde Henke, vos mensonges pourraient finir par me causer des ennuis...

Arialde jeta un coup d'œil par la fenêtre du bureau, qui donnait sur la salle de surveillance. Pas trace de l'inspecteur Corsan ni de ses hommes. Mais qu'est-ce qu'ils fabriquaient, tous les trois? Si Clairoux ne voulait pas avouer, n'était-il pas temps qu'eux interviennent pour l'accuser à leur tour?

L'attention d'Arialde s'était détournée juste un instant mais, quand elle la reporta vers la lieutenante, ce fut pour trouver le canon d'un revolver braqué en direction de sa poitrine. Arialde ne songea même pas à avoir peur. Ce qu'elle ressentit, ce fut d'abord une profonde colère à l'égard de l'inspecteur Corsan qui prenait tout son temps pour la rejoindre.

— À votre place, je ne ferais pas ça, Lieutenante. Ou vous pourriez vraiment avoir des ennuis.

— Pourquoi? Après vous avoir tuée, je mettrai mon arme dans votre main. Je dirai que vous me l'avez arrachée, que nous nous sommes battues et que le coup est parti par accident. Qui mettrait en doute ma parole?

Eh bien, si l'inspecteur Corsan n'était pas satisfait après ça! Qu'est-ce qu'il attendait, cet imbécile? C'était le moment idéal pour intervenir.

Arialde jeta à nouveau un coup d'œil prudent derrière elle, en direction de la salle aux écrans. Dans le bureau, Clairoux ricana.

— Qu'est-ce que tu espères, petite idiote, que la cavalerie vienne à ton secours? Personne ne fait attention à nous, j'ai tout le temps de te régler ton compte, tu peux me croire.

Ça, pour la croire, Arialde la croyait. Elle sentait ses cheveux se hérisser sur la nuque. Et si Corsan l'avait laissée tomber? Si les autorités de la Howell avaient eu cette idée tordue pour se débarrasser d'elle? La jeune femme reporta son regard sur le revolver. Ça voulait dire: débrouille-toi, ma vieille. Il lui restait encore le bluff. Juste au cas où Corsan ne serait pas le salaud qu'elle imaginait.

— C'est un peu ça, Lieutenante, j'attends la cavalerie.

Elle leva une main vers la poche de son chemisier, mais le bras de Clairoux se tendit, le revolver se fit plus menaçant.

— Ne bouge pas!

— Si vous me laissez fouiller dans ma poche, je vais vous montrer quelque chose qui va vous intéresser, Lieutenante.

Clairoux hocha la tête avec son ironie habituelle.

— Je te l'ai dit, Henke, tu as beaucoup d'imagination. Je ne t'ai pas crue, quand tu as dit que tu m'avais vue. Je ne te crois pas encore.

— Si vous avez cru que je mentais, pourquoi me tuer? Si je ne vous ai pas vue, vous ne courez aucun danger.

Le raisonnement, bien que logique, ne parut pas toucher l'officière.

— Mais je ne peux pas prendre de risque, Henke.

— Alors, laissez-moi aussi vous montrer ce que j'ai dans ma poche. C'est un micro, un truc super-perfectionné que m'ont donné les flics d'Arkadie. En ce moment, ils nous écoutent, et je suis sûre qu'ils sont ravis d'apprendre que vous pointez une arme vers moi.

Le canon du revolver s'agita. *La vache, elle va tirer!* Le visage de la lieutenante rougissait. Elle brandit son arme.

— T'es qu'une petite menteuse!

Arialde plongea la main dans la poche de son chemisier, la lieutenante se lança vers elle pour l'arrêter et toutes deux chutèrent à la renverse. Arialde vit l'ombre des hommes qui surgissaient dans le bureau avant d'apercevoir leurs jambes, puis les bras qui agrippaient Clairoux. Pourquoi la lieutenante n'avait-elle pas tiré? Peut-être, en définitive, n'avait-elle pas voulu prendre de risque, juste au cas où Arialde n'aurait pas menti.

Sous les yeux stupéfaits de ses propres agents, la lieutenante Clairoux fut menottée et assise de force sur la chaise où s'installaient les suspects, dans son propre bureau, tandis qu'elle hurlait, en se débattant :

— Vous ne pouvez rien contre moi! Vous n'avez aucune preuve!

Arialde se remit sur pied avec peine, soutenue par l'inspecteur Corsan qui l'entraîna hors du bureau. Dans la salle de surveillance, les agents paraissaient ahuris mais aucun d'eux n'avait sorti une arme pour défendre leur supérieure. Sans doute Corsan et ses hommes avaient-ils présenté une plaque officielle en entrant, un moyen d'identification, car une belle tuerie aurait pu avoir lieu au poste de Sécurité, entre gens du même métier. Mais Arialde n'avait aucune envie de philosopher sur les dangers de la fonction d'agent. Écœurée, elle s'adressa à Corsan.

— Vous en avez mis du temps! Qu'est-ce que vous faisiez?

Corsan accepta le blâme d'un air dépité.

— La douane. Vous êtes partie si vite, on a voulu vous suivre, mais on s'est fait interpeller, évidemment. Comme on était armé... Le temps de s'expliquer, vous étiez déjà ici, avec elle.

Par la fenêtre qui séparait le bureau de la salle, l'inspecteur désignait Joline Clairoux, qui trépignait sous la poigne des hommes qui essayaient de la maîtriser. Mais elle commençait déjà à se calmer.

Arialde jeta un regard à sa montre. Toute l'affaire avait été conclue plutôt rapidement. Elle aurait amplement le temps d'embarquer à bord du vaisseau, maintenant. À moins que... Elle leva vers l'inspecteur un visage suppliant. Il détourna les yeux.

— Vous devez faire une déposition, Arialde. Ensuite, je dois vous reconduire aux quais et m'assurer que vous montez à bord du vaisseau.

* * *

— D'accord, commença Arialde dans le couloir qui menait aux quais d'embarquement. Vous ne lèverez pas le petit doigt pour m'empêcher de partir, Inspecteur, mais vous pouvez au moins me rendre un service.

Corsan marchait à ses côtés et semblait faire un effort pénible pour contraindre ses grandes enjambées à se mettre au rythme des pas de la jeune femme. Arialde, pour sa part, n'était guère pressée de prendre place à bord du vaisseau. Si l'inspecteur souffrait le martyr d'être obligé de la reconduire à bord, tant pis pour lui, c'était mérité.

— Arialde...

Il paraissait vraiment à la torture. Elle le laissa continuer, sans un seul regard d'encouragement.

— Arialde, je vous assure... Si je peux faire quelque chose pour vous aider, je le ferai. Mais j'ai reçu des ordres. Quel service voulez-vous que je vous rende?

Elle s'arrêta net dans le couloir, il faillit perdre l'équilibre en l'imitant.

— Vous allez veiller sur les miens, n'est-ce pas? Vous verrez à ce que Walcott ne leur cause pas d'ennuis? Surtout Fédric: personne ne sait ce dont il est capable maintenant...

— Je veillerai sur eux, Arialde.

Ce n'était pas exactement le service qu'elle avait voulu demander, mais les mots avaient jailli d'eux-mêmes. *Inspecteur, vous si fort, veillez sur les gens de Bourg-Paradis!* Ce n'était pas une méchante idée, après tout. Pauvre Corsan, il était détesté au village. Ça lui servirait de purgatoire.

— S'il y a autre chose que je peux faire... reprit l'inspecteur.

— Oui, j'ai pensé vous demander... Je n'ai pas beaucoup d'argent, et un appel interspatial coûte cher...

Corsan tira une carte à débit de sa poche. Il paraissait soulagé.

— Bien sûr, Arialde, vous voulez appeler les vôtres une dernière fois.

Arialde se sentit rougir. Elle avait été tentée d'appeler à la maison, mais elle savait que prolonger les adieux ne causerait que du chagrin là-bas. Non, ce n'était pas Bourg-Paradis qu'elle souhaitait contacter.

— Je voudrais parler à Jérémie Valois. Comme il a travaillé avec vous, j'ai pensé que vous saviez où le trouver.

Corsan lui jeta un regard méfiant, puis il haussa les épaules.

— Comme vous voulez.

Ils se dirigèrent vers le hall d'embarquement où Corsan trouva une cabine de transmission disponible. Il y pénétra, glissa sa carte-débit dans la fente prévue à cet effet et composa un numéro. Arialde, qui l'observait à travers la vitre, eut la surprise de voir la salle d'accueil d'un poste de Sécurité apparaître à l'écran. Jérémie à la Sécurité! Dans quel pétrin s'était-il encore fourré? Et puis il était assez grand pour savoir ce qu'il faisait.

Corsan s'adressa d'abord à un agent. Au bout d'un moment, Jérémie vint à l'écran. Arialde se glissa dans la cabine, près de l'inspecteur.

— Arialde veut te parler, Jerry.

Il hésita sur le seuil, puis se résigna à laisser les jeunes gens face à face. Dans la cabine, Arialde avait le feu aux joues. *Je ne sais même pas quoi lui dire!* Jérémie semblait tout aussi gêné. Il émit un rire niais.

— Ne me dis pas que tu as changé d'idée à propos d'Antarctis!

Arialde fixa un point au bas de l'écran.

— Non, c'est pas ça. Tu comprends, j'ai un

peu peur de m'en aller là-bas. Tes amis sont sûrement très gentils, mais pour moi ce sont des étrangers. J'ai pensé...

Elle leva les yeux vers lui, fit une pause. Il resta silencieux lui aussi, alors elle reprit :

— J'ai pensé que tu pourrais me rejoindre là-bas, après ton contrat... Je sais que tu voudrais le prolonger, mais tu auras sûrement un congé, quelques mois, le temps de passer par Antarctis...

Ne me laisse pas seule! Voilà ce qu'elle aurait voulu lui crier. Mais elle avait trop peur de fondre en larmes. Et elle avait déjà bien assez pleuré.

L'idée de se moquer d'elle ne sembla même pas effleurer Jérémie.

— Je comprends, Arialde. Je vais passer te voir chez moi, c'est entendu, dès que j'en ai terminé ici. Je t'apporterai des nouvelles d'Arkadie.

Il ajouta — et son sourire creva l'écran :

— Les copains seront sûrement contents de me voir.

Moi aussi, moi aussi. Mais elle ne pouvait pas lui dire ça. Elle ne pouvait pas s'accrocher à lui simplement parce qu'il avait eu l'idée généreuse de lui offrir un toit.

— Merci, Jérémie.

— Bon voyage, Arialde.

Elle quitta la cabine, les jambes vacillantes, et tendit la carte-débit à l'inspecteur Corsan. Il ne fit aucun commentaire, se dirigea sans un mot vers l'agente de bord qui accueillait les passagers. Arialde le suivit.

Elle n'écouta pas les mots de bienvenue. Corsan s'effaça devant elle. Il y avait le seuil de contrôle à passer, où un agent de la Sécurité s'assurait qu'elle ne portait aucune arme. Puis la passerelle hermétique, long tube de caout-chouc qui reliait le vaisseau au quai d'em-barquement. Un autre agent de bord attendait les passagers à l'entrée du vaisseau. C'est seulement parvenue à cet endroit qu'Arialde se rendit compte qu'elle ne s'était même pas retournée pour dire au revoir.

Table des matières

Collection

Jeunesse –pop

Achevé d'imprimer
en mars 1992
sur les presses de
Imprimerie Métrolitho Inc.

Imprimé au Canada — Printed in Canada